Max Frisch

Montauk

WELT EDITION

MAX FRISCH

Montauk

Eine Erzählung

WELT EDITION

Der vorliegenden Ausgabe liegt die Textfassung des 1981
als suhrkamp taschenbuch erschienenen Buches zugrunde.

Lizenzausgabe der Axel Springer AG, Berlin
1. Auflage September 2009

Coveridee: Brian O'Connor
Covergestaltung: Grit Steinbrücker, Kerstin Heidrich
Projektleitung: Tina Jürgens
Coverfoto: ullstein bild / Granger Collection
Herstellung: Aufbau Verlag GmbH & Co KG, Berlin
Satz: Dörlemann Satz GmbH, Lemförde
Druck und Bindung: CPI Clausen & Bosse, Leck
Gedruckt in Deutschland

ISBN 978-3-941711-18-1

Dies ist ein aufrichtiges Buch, Leser, es warnt dich schon beim Eintritt, dass ich mir darin kein anderes Ende vorgesetzt habe als ein häusliches und privates … Ich habe es dem persönlichen Gebrauch meiner Freunde und Angehörigen gewidmet, auf dass sie, wenn sie mich verloren haben, darin einige Züge meiner Lebensart und meiner Gemütsverfassung wiederfinden … denn ich bin es, den ich darstelle. Meine Fehler wird man hier finden, so wie sie sind, und mein unbefangenes Wesen, so weit es nur die öffentliche Schicklichkeit erlaubt … So bin ich selber, Leser, der einzige Inhalt meines Buches; es ist nicht billig, dass du deine Musse auf einen so eitlen und geringfügigen Gegenstand verwendest. / Mit Gott denn, zu Montaigne, am ersten März 1580.

Ein Schild, das Aussicht über die Insel verspricht: OVERLOOK. Es ist sein Vorschlag gewesen, hier zu stoppen. Ein Parkplatz für mindestens hundert Wagen, zur Zeit leer; ihr Wagen steht als einziger in dem Raster, das auf den Asphalt gemalt ist. Es ist Vormittag. Sonnig. Büsche und Gestrüpp um den leeren Parkplatz; keine Aussicht also, aber es gibt einen Pfad, der durch das Gestrüpp führt, und sie haben nicht lang beraten: der Pfad wird sie zur großen Aussicht führen. Dann ist sie nochmals zum Wagen zurückgegangen. Er wartet; sie haben Zeit. Ein ganzes Wochenende. Er steht und weiß nicht, was er im Augenblick grad denkt ... In Berlin ist es jetzt schon drei Uhr nachmittags ... Er wartet sonst ungern. Es ist ihr eingefallen, daß sie, um den Atlantik zu sehen, eigentlich ihre Handtasche nicht braucht. Es kommt ihm alles etwas unwahrscheinlich vor, aber nach einer Weile sieht er es als einfache Wirklichkeit: Rascheln in den Büschen, dann ihre Hosen (das verwaschene Hellblau natürlich) und ihre Füße auf dem Pfad, hinter viel Zweigen und Ästen ihr ziemlich rotes Haar. Ihr Gang zum Wagen hat sich gelohnt: YOUR PIPE. Und dann geht sie wieder voran; sie duckt sich da und dort unter den wirren Ästen, und er duckt sich unter den selben Ästen, wenn sie schon wieder aufrecht geht noch immer durch Dickicht. Es ist eine Art von Pfad, nicht immer deutlich, ein verwilderter Pfad. Zuerst ist er vorangegangen: als

Mann, der sich hier so wenig auskennt wie sie. Einmal ein sumpfiger Graben, wo er ihr hat helfen müssen, und seither geht sie voran. Das ist ihm auch lieber. Es macht ihr Freude, das zeigt ihr leichter und flinker Gang. Der Atlantik kann nicht fern sein. Hochoben eine vereinzelte Möwe. Im Gehen stopft er die Pfeife und wundert sich, ohne wissen zu wollen, worüber er sich wundert. Stellenweise riecht es nach Blüten; keine Ahnung, was da blüht; es sind fremde Gewächse. Er hat dafür gebürgt, daß er den Wagen jederzeit wieder finden werde, und sie scheint ihm zu vertrauen. Um dann die Pfeife anzuzünden, muß er kurz stehenbleiben, es ist windig, fünf Streichhölzer sind nötig, und sie ist unterdessen weiter gegangen, so daß er sie für Augenblicke nicht mehr sieht; für Augenblicke kommt es ihm wie eine Einbildung vor oder wie eine ferne Erinnerung: dieser Gang mit einer jungen Frau. Eigentlich gibt es viele Pfade oder was wie ein Pfad aussieht; deswegen ist sie stehengeblieben: Wohin jetzt? Die Landkarte, die er gestern gekauft hat, liegt im Wagen; sie würde in diesem Gelände auch nicht viel helfen. Sie gehen nach der Sonne. Kein Pfad für Gespräche. Wo einmal kein Dickicht ist, sieht man das Gelände ringsum: nicht fremd, obschon er noch nie in seinem Leben hier gewesen ist. Das ist nicht Griechenland; eine ganz andere Vegetation. Trotzdem denkt er an Griechenland, dann wieder an Sylt. Es stört ihn, daß immer Erinnerungen da sind. Sie sind schon eine halbe Stunde gegangen. Sie wollen den Atlantik sehen. Sie haben nichts anderes zu tun; sie haben Zeit. Auch ist das nicht in der Bretagne, wo er zuletzt am Meer gewesen ist vor einem Jahr. Die gleiche Küstenluft. Es kann sein, daß er das gleiche Hemd trägt, die gleichen Schuhe, alles ein Jahr älter. Er weiß, wo sie sich befinden:

ein indianischer Name; er bezeichnet die nördliche Spitze von Long Island, hundertzehn Meilen von Manhattan entfernt, und er könnte auch das Datum nennen:

11. 5. 1974

Es gibt nicht nur Äste, die über den Pfad hängen, so daß man sich ducken muß; ab und zu liegt auch ein dürrer Ast auf dem Boden, dann hüpft sie darüber. Sie ist sehr schlank, nicht knochig. Ihre Bluejeans sind bis zu den Waden gekrempelt; ihr kleines Gesäß in der knappen Hose, die sie ohne Gürtel trägt, und in der Seitentasche steckt ein Kamm. Sie ist nicht größer und nicht kleiner als er, aber leicht. Ihr Haar, wenn sie es offen trägt, reicht bis zu den Hüften; jetzt hat sie es hochgeknotet, ein roter Roßschwanz, der beim Gehen pendelt. Da auf den Pfad zu achten ist, sofern das überhaupt noch ein Pfad ist, und da er zudem Ausschau hält, um vielleicht zu erraten, wo sie am besten weitergehen, um aus dem Dickicht herauszukommen, sieht er ihre Gestalt nur von Zeit zu Zeit; ihre helle Bluse in der Sonne, auch ihr Haar erscheint in der Sonne jetzt hell. Oft ist es nur noch eine Ermessensfrage, ob man weitergehen soll; kein Pfad. Manchmal macht sie einen großen Schritt, um auf einen Stein oder auf einen Baumstrunk zu gelangen; ihre langen Beine, doch ihr Schritt etwas zu groß, so daß ihr Körper nicht ohne Mühe hochkommt. Das würde sie auch machen, wenn sie allein wäre: diese scharfe Bewegung mit dem Kopf, um ihren Roßschwanz hinter die Schultern zu werfen. Ob sie an die Küste kommen, erscheint immer fraglicher. Sie gehen aber weiter. Dann wieder, eine

Weile lang, sieht es aus, als gehe sie auf einem Seil, Fuß vor Fuß wie eine Seiltänzerin, wobei ihr Oberkörper schmiegsam das Gleichgewicht sucht und findet. Es sieht noch immer nicht nach Düne aus; keine Möwe am Himmel. Ein Mal bleibt sie stehen, um die Ärmel ihrer Bluse hochzukrempeln; hier in der Mulde ist es heiß; kein Meerwind. Wenn sie nebeneinander stehen wie jetzt: die sonderbare Gegenwart zu zweit. Er bemerkt, daß er seine beiden Hände in den Hosentaschen hat, die kalte Pfeife im Mund. Ihr Gesicht: er hat es nicht vergessen, aber sie trägt diese große Dunkelbrille, und ihre Augen sind nicht zu sehen. Ihre Lippen tagsüber schmal, oft spöttisch.

HOW DID I ENCOURAGE YOU?

ihre Frage nicht jetzt, sondern gestern auf der Fahrt hierher; offenbar verwundert es sie, wie es ihn verwundert, wenn er, wie jetzt, neben ihr steht.

WHEN DID I ENCOURAGE YOU?

Sein Flug ist für Dienstag gebucht.

Zuerst habe ich gemeint, sie sei die übliche Kamera-Fee, die bei solchen Gelegenheiten mitkommt, plötzlich in die Hocke geht und knipst, Wünsche hat, wie man sich setzen soll, und jedesmal, wenn man sie endlich vergessen hat, wieder knipst, einmal, zweimal, dreimal, viermal. Sie hat aber keine Kamera. Sie sitzt nur dabei und schweigt, stört nicht, während der Mann von einer erbärmlichen Zeitung eine volle Stunde lang fragt: HAVE YOU BEEN IN THIS COUNTRY BEFORE etc. Ein

Interview zur Person. ARE YOU MARRIED, WHERE IN EUROPE ARE YOU LIVING, DO YOU HAVE CHILDREN etc. Das alles weiß sie nun auch, die junge Frau. Einmal nimmt sie das Telefon ab, weil sie grad daneben sitzt, und erledigt die Sache bestens; ich danke. WHAT ARE YOU GOING TO WRITE NEXT, PLAY OR NOVEL OR ANOTHER DIARY? Ich werde vergnügt, weil das immer die letzte Frage ist, mindestens die vorletzte. Ich sage der amerikanischen Öffentlichkeit: Leben ist langweilig, ich mache Erfahrungen nur noch, wenn ich schreibe. Eigentlich kein Witz; er lacht trotzdem. Sie nicht. Als ich ihr später die weißliche Zotteljacke halte, frage ich der Höflichkeit halber nochmals nach ihrem Namen. LYNN, sagt sie, als brauche ich nur den Vornamen. Ihr langes offenes Haar: das ist etwas umständlich beim Anziehen der Jacke, und ich kann da nicht helfen, das steht meiner Hand nicht zu. Eine Frage noch, die letzte: DO YOU CONSIDER YOURSELF A DOOMED MAN? Später stelle ich fest, daß sie ihre Zigaretten hat liegen lassen, ihr Feuerzeug. Es bleibt zwei Wochen lang unter der Lampe liegen, ein billiges grünes Feuerzeug.

Was habe ich hier wirklich zu tun?

Man kann ohne Mantel gehen; Ankunft bei Schneesturm, aber kurz darauf ist es wieder Frühling geworden ... Das Frauengefängnis an der Ecke, ein hoher Klotz aus braunem Backstein, ist abgebrochen worden; jetzt ein sandiger Platz, umzäunt von Drahtgeflecht, Tauben gurren im Gehege, doch können sie das Gehege jederzeit überfliegen. Sonst hat sich wenig verändert in zwei Jahren. Die kleinen Bäume in der Neunten Straße, seinerzeit gepflanzt, sind nach wie vor dünn und dürftig; sie grünen aber. (Diese Tapferkeit des Chlorophylls!) Im Drugstore, wo ich wieder frühstücke, bedient noch dieselbe Mannschaft. Die gelben Taxi, die schwarzen glänzenden Müllsäcke an der Straße, die Sirene der roten Feuerwehr. Im Hotel haben sie den alten Kunden erkannt: DID YOU HAVE A GOOD TIME? Ein anderes Zimmer als vor zwei Jahren, die Einrichtung genau die gleiche: der niedrige Tisch mit Marmor, wo man die Füße darauflegen kann, die gelben Ständerlampen, die gelben Bettdecken, der Spannteppich grün, ein Sofa in der Farbe von Jauche und nicht unbequem, zwei Fauteuils in der gleichen Farbe, das vertraute Sausen der air-conditioning, die man aber ausschalten kann; zum Teil kann man die beiden Schiebefenster öffnen, ihre morschen Rahmen hochziehen, die Scheiben sind immer schmutzig. Die niedrige Brüstung dieser Fenster; man muß aufpassen, wenn man in die Straßenkreuzung hinunterschauen will; nur in Träumen gelingt ein Fliegen aus eigener Kraft.

MAY I INTRODUCE YOU

dann überhöre ich die Namen oder vergesse sie sofort, stehe und antworte und weiß nicht immer, wem ich geantwortet habe. Warum macht man das. Es muß sein (meint der Verlag) für das Buch –

LYNN

ich könnte anrufen unter einem beruflichen Vorwand. Ein Abendessen vielleicht; sowie eine Frau mir gefällt, komme ich mir jetzt als Zumutung vor.

HUDSON:

ein paar feiste Möwen auf der Mole, Wiedersehen mit der öligen Spiegelung im Wasser. Ein veralteter Dampfer liegt noch immer am Anker; Ketten mit Bärten aus Tang. Einmal ein Helikopter. Es ist windig, das schwarze Wasser klatscht gegen die Mole, deren Gehölz vor zwei Jahren schon morsch gewesen ist. Ein großer weißer Frachter, der vermutlich am nächsten Tag auslaufen wird, liegt ruhig und unbeweglich, STATENDAM, eine holländische Flagge im Wind. Rückwärts die alte Hochstraße, die zur Zeit in Reparatur ist. Die kleine düstere Bar, wo sie Billard spielen, gibt es auch noch; BLUE RIBBON, die Lichtschrift rot wie Limonade in der Dämmerung. Westwärts findet gerade ein schleimiger Sonnenuntergang statt; ein langer schwarzer Frachter davor. Ein paar Leute auf der Mole, Müßiggänger wie ich. Ein junger Schwarzer mit Fahrrad fährt Slalom. Ein Paar, das umschlungen auf der äußersten Planke sitzt als Schattenriß. Ein Alter mit Hund. Ein anderer Hund ohne Herr. Die langen dicken Taue aus Hanf. Eine Bierdose, die im Wind zu rollen beginnt.

AMERICAN ACADEMY OF ARTS AND LETTERS:

ich erhebe mich und danke.

MUSEUM OF MODERN ART:

ich schwänze die Kunst und sitze im Gartenhof einen ganzen Vormittag. Es kann sein, daß mich Kunst nichts angeht, wenn ich allein bin. Ich genieße es, hier unter den paar Bäumen zu sitzen. Ich sitze in diesem Gartenhof (Moore, Picasso, Calder etc.) seit zwanzig Jahren und länger:

1951

1956

1963

1970

1971

1972

Unterwegs wieder einmal das Gefühl, der Körper sei leichter geworden, ganz leicht, als habe sich die Schwerkraft vermindert beim langen Gehen: alles, was ich einsehe, erscheint auch durchführbar, ich muß es nur nicht aussprechen, sondern tun.

CENTRAL PARK:

ein Gewährsmann hat mich belehrt, daß die berühmten Eichhörnchen gar keine Eichhörnchen sind, sondern Baumratten. Früher gab es hier noch Eichhörnchen. Die Baumratten sind nicht rötlich wie die Eichhörnchen, doch nicht minder zierlich. Man kann ihnen Minuten lang aus der Nähe zuschauen, so zutraulich sind die Baumratten. Der Unterschied zu den Eichhörnchen besteht vor allem darin, daß sie die Eichhörnchen vernichten.

WHITE HORSE:

der Schriftsteller scheut sich vor Gefühlen, die sich zur Veröffentlichung nicht eignen; er wartet dann auf seine Ironie; seine Wahrnehmungen unterwirft er der Frage, ob sie beschreibenswert wären, und er erlebt ungern, was er keinesfalls in Worte bringen kann. Diese Berufskrankheit des Schriftstellers macht manchen zum Trinker.

SANITATION:

immer noch erwache ich viel zu früh. Bevor der Alltag losgeht, führen sie ihre Hunde und Hündchen durch die Straßen, halten sich an der Leine, während die Tiere pinkeln oder scheißen. Eine Hundestunde morgens, eine Hundestunde abends. Man muß eben aufpassen, wo man hintritt. Sie hängen an ihren Hunden und Hündchen, das sieht man, sie haben ein Bedürfnis nach Liebe, die Menschen hier, sie lassen sich von Duftmarke zu Duftmarke ziehen und warten ohne Ungeduld, auch wenn's regnet. Nur gegen die rote Verkehrsampel lassen sie sich an der Leine nicht ziehen und wehren sich, bis die Ampel wieder grün ist. Eine verschissene Gegend. Einige haben mehr als nur einen Hund. Eine Gegend voll Bedürfnis nach Liebe. Der weiße Wagen mit dem Kreiselbesen erwischt nie alles; ein Rest bleibt immer.

LONG DISTANCE:

Weinen einer Frau durchs Telefon macht mich hilflos, vollkommen hilflos; die Unmöglichkeit, ihr Handgelenk zu fassen – was auch nichts ändern würde.

FIFTH AVENUE HOTEL:

Der Spannteppich erscheint tagsüber (ohne den Schein der gelben Lampen) eher blau, nicht grün. Im Augenblick liegt

Sonne darauf, ein schiefes Geviert, aber die Luft um die Beine ist kühl. Ich habe gelesen und gedacht, was ich da lese: plötzlich dieses Gedächtnis der Haut: FRÜHLING, JA, DU BIST'S! nämlich mit Sonne auf diesem Spannteppich, den ich kenne; ich habe ihn einmal geküßt. DICH HAB' ICH VERNOMMEN! Plötzlich hilft keine Lektüre (FICTION) gegen dieses Gedächtnis der Haut; das macht vor allem die Kühle um die Beine oberhalb der Socken; kein Vogelsang durch das offene Fenster, sondern das Geräusch von Großstadtverkehr, ein ganz bestimmtes: wenn die Busse losfahren bei Grünlicht an der Ecke FIFTH AVENUE / 9TH STREET. Wieder lege ich die Füße mit den Schuhen auf den niedrigen Tisch und esse Nüsse aus der hohlen Hand.

MY GREATEST FEAR: REPETITION

Eine amerikanische Studentin aus Yale stellt nicht die üblichen Fragen der Sekundär-Literatur; sie fragt: Will Stiller denn wirklich, daß Julika erlöst werde, oder geht es ihm in erster Linie darum, ihr Erlöser zu sein?

WASHINGTON SQUARE

die Schachspieler an den öffentlichen Steintischen mit dem wetterfesten Schachmuster, darüber Grün mit Vogelzwitschern. Oft bleibe ich lange da stehen, aber immer nur stehen; ich setze mich nicht. Heute hat mich einer gefragt, ein Schwarzer, ob ich Lust habe zu einer Partie. Kein sehr guter Spieler, wie ich vorher bemerkt habe, und trotzdem wage ich's dann nicht. Kann ich mir keine Niederlagen leisten? Oder keinen Sieg? weil er nichts bewirkt; im Gegenteil, nachher klafft das Bewußtsein meines häuslichen Versagens –

COMMERCE STREET 15

keinen früheren Wohnplatz möchte ich nochmals bewohnen, auch nicht dieses liebliche Haus. Ein Zimmer auf jeder Etage. Im Souterrain die perfekte Küche und ein Eßplatz, wo man sich wie in einer Kajüte fühlt, auch tagsüber mit Lampenlicht; man sieht durch die kleinen Fenster nicht Meeresgischt, sondern Schnee auf dem Trottoir, die Beine von Passanten in Schnee und Matsch, die schnelleren Beine von Hunden. Zuoberst im Haus, wo ich zu arbeiten versucht habe, zittert es am meisten; das Poltern der schweren Lastwagen mit den schweren Anhängern beginnt lang vor dem Morgengrauen, und wenn das verstummt, weil sie vor der Verkehrsampel eine Minute warten müssen, so ist es das andere Poltern der Subway. Trotzdem kommt es mir vor, es sei still im Haus; eine Stille, als sei ich taub. Das leise Summen im Eisschrank, die eignen Schritte, das Geräusch, wenn ich die Zeitung blättere. Ich höre, wenn Post durch den Schlitz der Tür fällt, wenn der Schlüssel in das Schloß der Haustüre gesteckt wird und gedreht. Bin ich taub gewesen? Ich höre, was mir gesagt wird, und glaube es. Eine Platte mit echtem Meeresrauschen (damit man den Straßenlärm nicht höre) habe ich auch gehört; ein freundliches Geschenk –

Wir haben gehört, wie Neruda liest.

VIA MARGUTTA:

das macht die warme Luft, das Licht: plötzlich bin ich in Rom. Nur die architektonische Kulisse stimmt nicht dazu, das sehe ich. Keine Ahnung, was ich in Rom täte; ich bin nur grad in Rom für eine Weile –

GOETHE HOUSE:

ein Arrivierter könnte aussehen wie ein Walroß, die Frauen geben sich nicht nur mit ihm ab, sondern entfalten unverlangt ihren Charme fast ohne Reserve. Erst auf der Straße, anonym im Gedränge, empfinde ich mich wieder als Walroß ganz und gar.

EIGHT STREET BOOKSTORE:

daß man um Mitternacht noch in einem Buchladen stehen kann ... ich habe den kleinen gelben Langenscheidt gekauft, um dann, wenn ich darin nachschlage, fast jedesmal das Gedächtnis zu blamieren; nämlich man hat das schon einmal gewußt:

SENSIBLE / SENSITIVE / SENSUAL

Die Nachricht, daß Konrad Farner in Zürich gestorben ist, lese ich im Lift, ohne deswegen mein Stockwerk zu versäumen. Es ist Konrad Farner viel erspart geblieben. Es mehren sich die Toten als Freundeskreis.

OLIVETTI LETTERA

ich kann's nicht lassen, ich habe eine kleine Schreibmaschine gekauft ohne literarische Absicht. (Eine literarische Erzählung, die im Tessin spielt, ist zum vierten Mal mißraten; die Erzähler-Position überzeugt nicht.) Diese Obsession, Sätze zu tippen –

PRO MEMORIA

ein französischer Edelmann auf dem Weg zur Guillotine bittet um Papier und Feder, um sich etwas zu notieren, und es wird ihm gewährt. Man könnte die Notiz ja vernichten, wenn sie sich an irgend jemand richtet. Das ist nicht der Fall. Es ist eine Notiz ganz und gar für ihn selbst: pro memoria.

Was ich in New York zu tun habe, wäre in Zürich oder in Berlin auch noch zu tun. In Berzona (Tessin) ist es bereits getan, glaube ich. In Rom? Umweltverschmutzung durch Gefühle, die nicht mehr zu brauchen sind – etwas Verfaultes, weil ich es nie ausgesagt habe oder nie ehrlich genug, nicht mit Bewußtsein verabschiedet. Es wird Zeit. Vorgestern geträumt: daß ich am nächsten Mittwoch hingerichtet werden soll, und ich verstehe nicht, warum am nächsten Mittwoch, ich bin gesund, diese willkürliche Verfügung einer Behörde, die gar nicht Bescheid weiß, einer Behörde ohne Adresse übrigens; keine Chance, Rekurs anzumelden.

Ein andrer Traum:

sie munkeln. Wer? Der Sarg meines Vaters sei geplatzt, das habe ich nicht gewußt, verstehe es aber. Man wird verrückt werden vor Enge. Sie geben mir etwas Süßes, womit man Kinder vertröstet. Passanten. Plötzlich sehe ich nicht ein, warum ich mich in den Sarg legen soll. Sie haben schon eine Art von Kahn bestiegen, alle in Schwarz, sie stehen in diesem Kahn mit langen Rudern. Zürichsee. Es hindert mich niemand, ich laufe, am Geländer finde ich eine lange Rettungsstange, die sich zur Not als Ruder verwenden läßt; nur ist es mühsam, da die Stange keine Schaufel hat. Aber ich werde es ihnen schon zeigen. Ich kann mich nicht erinnern, worauf ich stehe; eine Art von Floß, ein Brett? Ich stehe und rudere neben ihnen her. Jemand hat mir verraten, wohin sie rudern. Als ich sie endlich eingeholt habe, jetzt neben ihrem Kahn rudere, reden sie mich nicht an; ich höre, was sie reden. Ihr braucht nicht zu munkeln! Sie munkeln auch gar nicht; jetzt wird ihm die Lunge zerplatzen, sagen sie. Kein Zweifel für sie, daß es aus ist mit mir. Das hat noch gefehlt, daß ich rudere. Sie haben angenommen, daß es mir leichterfalle, daß ich keine Schererei mache, daß ich mich nicht wehre. Es bleibt dabei: wir rudern zum Begräbnis. Das sehe ich aber nicht ein, da ich, wie sie sehen, imstande bin zu rudern. Sie sprechen jetzt nicht mehr mit mir; es eilt.

TRATTORIA DA ALFREDO

ich gestehe, daß ich diese Trattoria nicht zufällig entdecke; ich habe sie gesucht, als gäbe es hier ein Gefühl abzuholen: A CAUSE D'UNE FEMME. Ich möchte hier nicht erkannt werden und stehe nur so lang, bis die Pfeife angezündet ist; ein Passant, der hier nichts verloren hat. Gefühl der Scham, daß ich hier stehe zwei Jahre später; Warten auf Grün. Übrigens habe ich die kleine Trattoria nur von außen gesehen; die Stühle auf den kleinen Tischen. Denn es ist früher Vormittag. Um das Interieur zu erkennen, müßte man das Gesicht nahe an die spiegelnde Fensterscheibe halten, die beiden Hände als Scheuklappen, um die Spiegelung zu durchschauen. Das habe ich nicht getan. Es hat mich erschreckt, als ich in der Scheibe meine Gestalt gesehen habe. Sobald dann wieder Grün ist, weiß ich: Eine natürliche Geschichte. Hätte ich denn Schüsse abgegeben? Immerhin habe ich jetzt vergessen, wohin ich eigentlich habe gehen wollen, gehe aber. Ohne Mantel. Es ist kühl, Frühling wie damals, ein klarer blauer Vormittag mit Wind vom Meer. Im Gehen lese ich jede Reklame genau, obschon ich anderes zu tun hätte.

DIE WAHRHEIT IST DEM MENSCHEN ZUMUTBAR

sie kann diesen Satz nicht leiden. Ein Zitat. Sie findet es Kitsch. Was heißt schon Wahrheit! Wir haben gestritten darüber, was Kitsch ist.

MY LIFE AS A MAN

heißt das neue Buch, das Philip Roth gestern ins Hotel gebracht hat. Wieso würde ich mich scheuen vor dem deutschen Titel: Mein Leben als Mann? Ich möchte wissen, was ich, schreibend unter Kunstzwang, erfahre über mein Leben als Mann.

seine Ausstellung in diesem unmöglichen Museum mit der Spiral-Rampe; Vernissage mit tausend Smokings und mit Damen in langen Roben; dazu sein übergroßes Foto-Porträt: dieses Gesicht! ... Wer oder was verleiht Rang? Die Leistung tut es zum Teil. Verleiht einer den Rang sich selbst? Auch der Gescheiterte kann Rang haben. Wodurch? Rang bedeutet noch nicht Ruhm. Ich kenne Leute, die ihren Ruhm verloren haben zur Lebzeit; der Rang ist ihnen geblieben. Rang ist nicht der Glanz des Siegers. Wie bekundet sich Rang? Ich bin Leuten von Rang begegnet, Männern und Frauen, älteren und jüngeren, berühmten und anderen; ich bin Giacometti nie begegnet. Die Begegnung mit Leuten von Rang (sie müssen nicht von der gleichen Fakultät sein) macht Mut auf merkwürdige Weise; sie bedienen sich nicht des Lobes, um Mut zu machen. Sie verleihen Rang, ob sie zustimmen oder widersprechen; noch eine Fehde führen sie in der Erwartung von Rang. Solche Erwartung kann natürlich enttäuscht werden. Bei Leuten von Rang besteht die Erwartung von Rang nicht blindlings, aber unabhängig von Erfolg oder Nichterfolg; sie selber setzen die Maßstäbe. Das kennzeichnet sie untrüglicher als ihre Leistungen, die der andere in vielen Fällen ja nicht beurteilen kann. Ihr Rang beglänzt ihre Leistung. Sie sind nicht immer freundlich; nur lassen sie sich in ihrer Erwartung nicht irritieren, wenn jemand sich gelegentlich unter seinem Rang verhält. Die Selbstzweifel, die ihnen vorgetragen werden, nehmen sie ernst, doch fallen sie nicht auf Selbstbezichtigung herein wie die andern, die, sobald sie nicht mit Allüre überrannt werden, ihre Erwartung unwillkürlich herabsetzen und gnädig werden in einer Art, die alles eine Nummer zu klein nimmt, aber auch alles.

sie zerreißen dich nicht, sie stehen nur an irgendeiner Ecke: Hier oben, im dritten Stock, hast du einmal gewohnt, WAVERLY PLACE / CHRISTOPHER STREET, vor dreiundzwanzig Jahren. Als wüßte ich's nicht! Ich blicke nicht einmal an die Fassade hinauf, sehe bloß, daß im Parterre ein andrer Laden ist; damals ein Lebensmittelgeschäft, ein lausiges, ich verfügte über 200 Dollar im Monat, die Wohnung kostete 100 Dollar im Monat, einmal fiel mir ein Blumentopf vom Fenstersims und traf niemanden.

Wo werden die Erynnien mich packen?

Neuerdings haben wir ein Kennwort dafür: Anfälle. Jedesmal ein Schrecken für sie, ich weiß, und vollkommen unverständlich. Dabei kommt es zu keiner körperlichen Bedrohung des Partners; sie irrt sich, wenn sie das fürchtet; nicht die mindeste Versuchung dazu. Wenn Tätlichkeit, dann wäre es Tätlichkeit gegen mich selbst: um mich auszudrücken. Ich meine zu verstehen, zu denken, zu erkennen; das allerdings ohne Rücksicht, im Beginn fast gelassen, ohne Rücksicht auf mich oder irgendwen. Ich schreie nicht, im Beginn jedenfalls nicht; allerdings werde ich dann unansprechbar, auch wenn ich eine Weile lang zuhöre. Die Wahrheit, die ich auszudrükken versuche, die ich in diesem Augenblick erkenne, ist selten ein Freispruch für mich. Es kann von Lappalien ausgehen; geradezu lächerlich, eine solche Lappalie überhaupt zu erwähnen. Ich sehe sie als Zeichen, daher nicht als Lappalie; als Zeichen so eindeutig für mich, daß ich jede andere Auslegung kaum ertrage, eine harmlose schon gar nicht. Keine

Vorwürfe, nein, ich rede nur von Erkenntnissen. So kommt es mir vor. Im Augenblick ohne jede Angst vor den Konsequenzen, die ich sehe. Meine Rede (Monolog) hat etwas Hinrichtendes; nicht aus Haß. Was soll der Partner? Er soll verstehen, was ich nicht auszudrücken vermag; er soll einverstanden sein. Ich ertrage mich nicht. Ich kann dann nicht aufwachen, wie man aus Träumen, wenn sie unerträglich sind, aufwachen kann. Wie ich's in diesem Augenblick sehe, so ist es eben, wirklich und so und nicht anders, und ich fühle mich bereit. Wozu? Dann wiederhole ich mich, ich weiß. Kein Zurück in die Vernunft; die Vernünftigkeit verletzt mich, sie erniedrigt mich, sie entfesselt auch noch den Zorn. Dabei habe ich so gelassen begonnen; was ich gemeint habe, ist kein Vorwurf, es ist wichtiger: WAHRHEIT, meine. Wenn ich mir das Hemd zerreiße, so meine ich meine Haut. Ich bitte; offenbar tönt es ganz anders; ich flehe. Dabei ist alles, was ich jetzt sage, nur noch verletzend. Es fällt mir anders nicht ein. In diesem Augenblick möchte ich sterben dafür, daß ich mich ein Mal verständlich machen könnte, ohne Forderung. Nachher finde ich es schade um meinen Zorn; nie hat er den Gordischen Knoten getroffen – ich habe mich auch noch zu entschuldigen.

SWEET'S

es sei das älteste Fisch-Restaurant in der Stadt. Ein Schuppen am alten Markt, abbruchreif seit Jahren. Wer nicht davon gehört hat, würde hier nie eintreten. Über Mittag bekommt man kaum einen Tisch, dann speisen hier die Tätigen aus der WALL STREET. Seit ich das Restaurant kenne, habe ich schon viele Freunde dahin geführt. Es gibt hier, zu Fischgerichten aller Art, einen amerikanischen Sauternes, der erstklassig ist, und man sieht unter der Hochstraße hindurch das Glitzern, EAST RIVER. Auch Lynn hat es bisher nicht gekannt. Es gefällt ihr; es ist gar nicht schick hier. Sie hat wieder ein Interview vermittelt; ihr Job. Ihr offenes Haar und die Brille: Undine und ein wenig Nurse. Im Sommer wird sie mit ihren Eltern nach Griechenland fahren, mein guter Rat erübrigt sich; GUIDED TOUR. Da Lynn nichts gelesen hat, was ich veröffentlicht habe, genieße ich es, einmal lauter Gegenteil zu reden: – Politik kümmert mich überhaupt nicht. Verantwortung des Schriftstellers gegenüber der Gesellschaft und das ganze Gerede, die Wahrheit ist, daß ich schreibe, um mich auszudrücken. Ich schreibe für mich. Die Gesellschaft, welche auch immer, ist nicht mein Dienstherr, ich bin nicht ihr Priester oder auch nur Schulmeister. Öffentlichkeit als Partner? Ich finde glaubwürdigere Partner. Also nicht weil ich meine, die Öffentlichkeit belehren oder bekehren zu müssen, sondern weil man, um sich überhaupt zu erkennen, ein imaginäres Publikum braucht, veröffentliche ich. Im Grunde schreibe ich aber für mich selbst ... Lynn protestiert gar nicht; es klingt überzeugender (auch für mich) als erwartet.

YOU ARE A RICH MAN, I AM SURE, BUT THIS IS A BUSINESS LUNCH, YOU SHOULD NOT PAY FOR THIS, IT'S JUST SILLY.

Neulich (aber das ist auch schon vor Jahren gewesen) habe ich ihn in Zürich zufällig auf der Straße (Limmatquai) von weitem gesehen; ein schwerer Mann jetzt. Wir haben zusammen das Gymnasium in Zürich besucht. Ob er mich ebenfalls erkannt hat, keine Ahnung; er drehte sich nicht um, und ich war betroffen, daß ich ihm nicht sofort nachging, sondern einfach stehen blieb. Also sah ich ihn bloß noch von hinten. Ohne Hut. Seine breiten Schultern; er ist sehr groß, im Gedränge nicht zu verwechseln, und ich hatte ihn ja eben von vorne gesehen. Er hatte gradaus gestarrt, offensichtlich in Gedanken; jetzt blickte er hinunter auf den Asphalt, als habe er mich ebenfalls erkannt. Er weiß es und ich weiß es, was er für mich getan hat. Ich rief nicht einmal über die Straße, damit er sich umdrehe. Was soll W. mit meiner lebenslänglichen Dankesschuld? Und zudem weiß ich, daß ich alles in allem vor diesem Menschen nicht bestehen kann. In der Klasse war er immer der Erste, kein Streber; er war intelligenter als die andern, ohne es auf die leichte Schulter nehmen zu können, daß er intelligenter war, und so war er auch gewissenhaft; es war ihm eher peinlich, wenn die Lehrer ihn lobten. Um nicht einen Musterschüler abzugeben, konnte er ganz ruppig sein gegenüber den Lehrern. Nach der Schule begleitete ich ihn nach Hause, was für mich ein großer Umweg war, aber ein Gewinn; durch ihn hörte ich zum ersten Mal von Nietzsche, von Oswald Spengler, von Schopenhauer. Seine Eltern waren sehr reich. Das schien ihm aber unwichtig, kein Grund für Selbstbewußtsein. Eine Weltreise zum Beispiel, die er nach der Maturität hätte antreten dürfen, kam für ihn nicht in Frage, ein Auto auch nicht; alles Oberflächliche war ihm zuwider. Er war ein philosophisches Temperament; ich staunte, was sein Hirn alles denken kann. Auch war er sehr musikalisch, was ich nicht bin; Abende lang spielte er mir Platten von Bach, von Mozart, von Anton Bruckner und von andern, die ich noch nicht einmal dem Namen nach kannte; kein Mensch sei völlig unmusikalisch, sagte er. Ich schrieb für Zeitungen und war stolz, wenn die kleinen Sachen gedruckt wurden; mein Geltungsdrang, glaube ich, war das erste, was ihn an mir enttäuschte. Ich mußte Geld verdienen, das verstand er natürlich, aber was ich schrieb, war ihm peinlich. Er ermunterte mich zu zeichnen. Diesbezüglich fand er mich nämlich nicht unbegabt. Auch sein Urteil für bildende Kunst war ungewöhnlich, nicht bloß angelesen; es entsprang seiner eignen Sensibilität. Ich traute mich aber nicht zu zeichnen, obschon er mich doch ermunterte, hingegen lernte ich von ihm, was man in Bildern sehen kann. Sein Vorsprung in philosophischer Begrifflichkeit war bald zu groß, als daß ich sein Gesprächspartner hätte werden können; er sagte kaum noch, was er zurzeit gerade las, und es mag sein, daß ich das eine und andere, was bei Sigmund Freud steht, für seine eigenen Funde hielt, ohne daß er es auf solche Täuschung anlegte. Es war einfach unergiebig, Quellen zu nennen, die ich damals nicht kannte. Also ermunterte er mich zu zeichnen. Er selber gab das Cello wieder auf, weil sein Spiel, obschon er leidenschaftlich übte, seinen hohen Ansprüchen nicht genügte; er hatte zu schwere Hände dafür. Überhaupt machte W. es sich schwer. Seine Eltern wußten natürlich, daß er das Geschäft nie übernehmen würde; erst später trat er dem Verwaltungsrat bei, auch das nur ungern. Eine Zeitlang hatte er Medizin studiert, die ersten Examen bestanden; ich verstand nicht ganz, warum er die Medizin aufgeben mußte. Es geschah keinesfalls leichtsinnig. Später malte er, und ich bewunderte, was er hervorbrachte; es war alles andere als virtuos, aber elementar. Ein ungewöhnlicher Mensch; kein Zweifel, er hatte es schwerer als wir alle. Übrigens war er mir auch körperlich überlegen; seine Eltern hatten einen eigenen Tennisplatz im Garten, und W. schenkte mir, da ich ziemlich mittellos war, seine gebrauchten Schläger, so daß wir zusammen spielen konnten. Es ging ihm überhaupt nicht ums Gewinnen, nur spielte er einfach besser, und ich konnte von ihm lernen, was ein Trainer ihn gelehrt hatte, und mehr als das: er lehrte mich zu verlieren, nicht um Punkte zu spielen, was unwichtig war für ihn, da er die Punkte machte, und hoffnungslos für mich. Ich genoß diese Stunden sehr. Wenn er mir melden mußte, der Platz sei heute zu naß, so war ich unglücklich. Ich träumte von W. Wenn ich ihn besuchte, kam das Dienstmädchen an die Türe, ließ mich höflich in der Halle warten, bis sie oben gefragt hatte, und dann hatte ich natürlich den Eindruck, daß ich störte, auch wenn W. mich nicht abwies. W. selber meldete sich fast nie; es wunderte ihn aber, wenn ich mich wochenlang nicht meldete. Er war ein herzlicher Freund, mein einziger Freund damals, denn neben W. war irgendein andrer kaum denkbar; er hätte vor W. nicht bestanden. Seine Eltern übrigens, bekümmert um ihren Sohn, waren immer sehr entgegenkommend; wenn W. fragte, ob es recht sei, daß ich noch zum Abendessen bleibe, waren sie immer einverstanden. Übrigens war es das erste reiche Haus, das ich kennengelernt habe; es war besser als andere, die ich später kennenlernte. Alles in allem fühlte ich mich beschenkt. Schwieriger war es, wenn ich W. beschenken wollte zum Geburtstag oder zu Weihnachten; meine Geschenke machten ihn verlegen, denn sein Geschmack war besser entwickelt, und selten ging es ohne Umtausch. Damals hatte ich meine erste Braut; sie konnte ich nicht umtauschen. Sie fürchtete W., glaube ich, sie mochte seine Überlegenheit nicht anerkennen, und das schmerzte mich. Das war vor vierzig Jahren. Ich fragte mich oft, was W. denn an mir habe. Wir wanderten viel, wir gingen schwimmen. Er hatte auch ein äußerst empfängliches Auge für Landschaften. Alles Technische in der Natur, Hochspannungsleitungen und dergleichen, beleidigte ihn geradezu körperlich. Durch ihn kam ich zu Caspar David Friedrich, zu Corot, später auch zu Picasso und zu afrikanischen Masken; dabei war er keineswegs lehrerhaft. Vieles was er wußte, verschwieg er. Ich hatte Griechenland durchwandert und erzählte natürlich davon, nur hatte ich dann das Gefühl, daß W. mehr gesehen haben würde. Dieses Gefühl, glaube ich, hatte er selber auch; er hörte mir zu, bis er mich dann doch unterbrechen mußte, indem er auf etwas Sehenswertes zeigte, was ich tatsächlich nicht gesehen hätte ohne ihn, etwas Gegenwärtiges, zum Beispiel einen erstaunlichen Falter. Er sah einfach mehr. Es gab nur eine Sache, wofür ich nie dankbar war: seine Anzüge, die für mich eine Nummer zu groß waren. Meine Mutter konnte zwar die Ärmel kürzen, die Hosen auch, trotzdem paßten sie mir nicht. Ich trug sie halt, um W. nicht zu kränken; er meinte es arglos, sah, daß ich mir keine Anzüge kaufen konnte, und der Stoff war immer noch tadellos, wenn er mir einen Mantel oder eine Jacke vermachte. Warum er das Zeug selber nicht mehr trug, ging mich ja nichts an. Er war alles andere als ein Geck, der mit der Mode gehen muß; seine Eltern hatten aber einen Schneider, der von Zeit zu Zeit ins Haus kam, glaube ich. Schließlich schenkte er mir auch anderes, was er nicht schon getragen hatte, Platten zum Beispiel, eine ganze Sinfonie. Er schenkte nie blindlings, wie etwa Neureiche es tun, nie unvernünftig und für meine Verhältnisse übertrieben. Wie wenig man als junger Reporter und Rezensent verdient, ahnte er, ohne daß ich je davon reden mußte. Er war sensibel genug, der Luxus im elterlichen Haus war ihm peinlich im Hinblick auf mich, zu Unrecht übrigens, denn ich identifizierte W. nie mit Luxus. In seinem Zimmer mit Aussicht auf Garten und Stadt und See erschien er mir eher wie ein Diogenes, unabhängig durch Geistigkeit. Er fuhr Straßenbahn wie unsereiner. Überhaupt wählte er nie den bequemen Weg, sondern war hart gegen sich selbst. Im Oktober, wenn das Wasser schon kalt ist, schwamm er über den See, hin und zurück. Später hat W. mir ein ganzes Studium bezahlt: 16000 Franken (was damals mehr wert war als heute) für vier Jahre; also 4000 Franken im Jahr. Eigentlich tut es mir leid, daß ich die Anzüge überhaupt erwähnt habe. Es verdroß mich nicht, wenn er plötzlich, mitten in einem Gespräch, seine eigene Jacke wiedererkannte und feststellte, daß die englischen Stoffe sich eben tadellos halten und daß es doch schade gewesen wäre und so weiter; es war eher komisch. Nichts weiter. Lange Zeit lud er mich immer wieder zu Konzerten ein, nicht nur im letzten Augenblick, wenn seine Mutter die bestellte Karte nicht nutzen konnte. Er glaubte wirklich, daß kein Mensch durch und durch unmusikalisch sein könne, und in der Tat war ich oft begeistert, wenn auch auf eine banausische Art, wie ich seiner Miene entnehmen konnte; dann verstummte W. nicht hochnäsig, nur verlegen. Und trotzdem lud er mich immer wieder einmal zu einem Konzert ein; nicht ins Theater. Er war dem Theater gegenüber keineswegs taub, jedoch kritischer als ich. Überhaupt war er kritischer als ich, auch sich selbst gegenüber. Ich traf ihn oft in wirklicher Verzweiflung. Ein Mensch, der nichts und sich selbst schon gar nicht auf die leichte Schulter nehmen kann. Keine hysterische Verzweiflung; er schilderte klar und klug die Unlösbarkeit seines Problems. Was immer ich ihm dazu sagen konnte, zeigte ihm erst recht, wie einsam er ist. Unsere Nöte, zum Beispiel meine Not mit einer jüdischen Braut in den dreißiger Jahren, waren mit seiner Not nicht zu vergleichen, das spürte auch ich. Seine Not war exemplarisch, meine doch nur persönlich, und dafür gibt es Lösungen, die er mir zutraute, so oder anders. Nicht daß W. daran keinen Anteil nahm; an seiner Not hingegen konnte niemand Anteil nehmen, schon gar nicht sein Vater, ein Mann von nüchterner Güte, auch seine Mutter nicht, die sich als Intellektuelle sah und deren Weltsucht er als Ausflucht begriff. Viele Jahre später, als wir einander lang nicht gesehen hatten (ich hatte ein Jahr in Amerika gelebt) und als ich von meiner bevorstehenden Scheidung berichtete, stellte W. keine Fragen; sein Schweigen allein zeigte mir, wie selbstgerecht ich die Sache darstellte. Wir stapften durch Wald, und W. versuchte von etwas anderem zu sprechen, aber ich hatte jetzt kein Auge für Falter. Um bei meiner Scheidung zu bleiben, fragte ich nach seiner Ehe; obschon ich die Geschichte, die er jetzt entfaltete, schon seit Jahren kannte, war es wesentlicher, was W. zu sagen hatte, reicher an Komplikationen und von tieferer Einsicht, die auf meinen Fall nicht anzuwenden war. Es wäre mehr als geschmacklos gewesen, hätte ich nochmals von meiner Schwierigkeit geredet. Seine Scheidung war unvergleichbar. Später ließ ich mich trotzdem scheiden. Daß wir uns in jenen Jahren fast nur unter vier Augen trafen, nie in einer Gruppe, so daß ich den Freund einmal in einem andern Kräftespiel gesehen hätte, fiel mir damals nicht auf. Es lag nicht nur an ihm, der Geselligkeit scheute, sondern auch an mir. Ich litt nicht unter seiner Überlegenheit, solange wir unter vier Augen waren; sie war selbstverständlich. Ich fühlte mich beschenkt, wie gesagt, ich fühlte mich ausgezeichnet wie damals, als ich ihn von der Schule nach Hause begleiten durfte. Er schenkte mir das Engadin. Noch heute kann ich nicht durch jene Gegend fahren, ohne an W. zu denken. Und ich meine ja nicht nur, daß die Reise ins Engadin für mich unerschwinglich gewesen wäre. Er kannte das Engadin. Er war auch der bessere Alpinist. Seine Familie hatte dort einen Bergführer, der ihn Jahr für Jahr unterrichtet hatte. Ohne W. wäre ich nie auf diese Berge gelangt. Er wußte, wo und wann Lawinen drohen und wie man sich in einem bedenklichen Gelände zu verhalten hat; er knüpfte die rote Lawinen-Schnur an seinen Rucksack, betrachtete gewissenhaft den Hang und prüfte den Schnee, dann sauste er voran in die Tiefe, und ich hatte mich nur an seine kühne Spur zu halten, so gut ich's halt konnte. Als ich bei einem schweren Sturz einmal den Ski gebrochen hatte, kaufte W. unterwegs ein neues Paar für mich, damit wir die Tour nicht abbrechen mußten, nicht die allerbeste Marke, was mir peinlich gewesen wäre, immerhin eine bessere Marke mit einer besseren Bindung, als ich sie bisher hatte. Er machte das ohne Aufhebens, nicht einmal ganz unbefangen, wenn er das Geld auf den Tisch legte; es wäre ihm peinlich gewesen, wenn Geld mir Eindruck gemacht hätte. Ich dankte natürlich. Ich war nie ein gelernter Ski-Fahrer und wundere mich heute noch über seine Geduld; natürlich war W. immer voraus, ohne es darauf anzulegen; er stürzte nicht, und wenn ich nach einer geraumen Weile bei ihm ankam, weiß nach einigen Stürzen und außer Atem, sagte er immer: Laß dir Zeit. Es machte ihm nichts aus zu warten. Unterdessen hatte er die Landschaft genossen, zeigte mit dem Stock in die Gegend und nannte die Namen der Gipfel, machte mich aufmerksam auf eine nahe Arve oder auf die unwahrscheinliche Beleuchtung, diese eigentümlichen Farben des Engadins, das er liebte, die Landschaft des Zarathustra, den ich auch gelesen hatte, nicht ganz begriffen vielleicht. Ich als der Schwächere konnte bestimmen, wann wir unsere Abfahrt fortsetzen wollen, W. drängte nicht, obschon er, ohne mich, längst in Pontresina hätte angekommen sein können; darum ging es aber nicht. Er schenkte mir sein Engadin. Ich liebe es noch heute. Was ohne W. aus mir geworden wäre, das ist schwer zu sagen. Vielleicht hätte ich mir mehr zugetraut, vermutlich zuviel. In einem gewissen Sinn hat W. mich immer ermuntert, zum Beispiel meine Schriftstellerei aufzugeben und Architektur zu erlernen. Ich erwartete nicht, daß W. meine paar Bauten besichtigte; sie hätten ihn enttäuscht, vermute ich, zu Recht. Und ihm hätte es auch leid getan, enttäuscht zu sein. Einige Jahre lang redete ich allerdings viel von Architektur, ohne ihn überzeugen zu können zum Beispiel von meinen Lehrern, später von Corbusier, von Mies van der Rohe, von Sarinen. Dann hatte er eine Miene, als redete ich von Musik, wovon ich im Grund, wie W. wußte, nichts begriff, oder von Philosophie. W. kannte mich eben schon: von der Schule her. Er ist ein bedeutender Sammler geworden. Vielleicht im nachhinein, aber erst im nachhinein fand ich, das eine und andere hätte ich mir nicht gefallen lassen dürfen. Ich habe W. nie gehaßt deswegen; es war mein Fehler. In der Villa seiner Eltern gab es Gemälde, die W. grauenhaft finden mußte, Erbstücke väterlicherseits, lauter Plunder in schweren Rahmen. Das meiste war schon im Keller gelagert. Sein Vater war eine Persönlichkeit nach Art der Gründerzeit, nur gar nicht musisch oder auch nur intellektuell; ich mochte ihn sehr, diesen Mann, wenn er am Kamin saß und nüchtern von der Jagd erzählte. Viele Gemälde zeigten Hirsche und Eber, Fasane, Hunde. Es war ein wohlwollender Vorschlag, ob vom Vater oder von der Mutter, die sich über solche Gemälde ebenfalls mokierte, oder von W., das weiß ich nicht mehr: Wenn ich diese Gemälde verkaufen könnte, so sollte ich am Erlös beteiligt sein, das heißt, ich könnte etwas Geld verdienen, ohne mein Studium deswegen zu vernachlässigen. Nur sollte die Maklerei nicht in der Villa vor sich gehen. Name und Adresse hätten Käufer angelockt, die sich gewundert haben würden. Es war mir nicht ganz wohl bei dem Vorschlag, anderseits fand ich es richtig, daß ich dem Haus, dem ich schon so viel verdankte, einmal einen Gefallen erweise. Es wurde eine Garage gemietet in einer andern Gegend der Stadt; auch die Inserate übernahm die Familie, Inserate dreimal wöchentlich, OCCASION / ALTE GEMÄLDE AUS PRIVATBESITZ. Man machte mir eine Liste der minimalen Preise; wenn ich teurer verkaufen konnte, so war es ja auch mein Vorteil, prozentual. Immerhin gab es auch zwei oder drei kleine Niederländer darunter, nicht signiert; immerhin könne man von einer Schule reden. Im übrigen fand W., es könnte für mich eine lustige Erfahrung werden, Makler zu spielen, Menschen kennenzulernen. Also stand ich drei Nachmittage in der Woche allein in der Garage voller Gemälde, wartete Stunden um Stunden. Tatsächlich kam der eine oder andere Antiquitäten-Händler, meistens heruntergekommene, aber gewitzte Leute. Nicht einmal die Rahmen interessierten sie, oft brauchte ich den Preis gar nicht zu nennen. Die Inserate erschienen weiterhin. Ein Advokat, der Firma des Vaters verpflichtet, kaufte eine große Magdalena mit nacktem Busen, die sich für Schlafzimmer eignet. Die Hirsche und Eber hatten es schwerer. Ich empfahl Landschaften, die nicht nur den Jäger ansprechen, Landschaft mit Windmühle im Gegenlicht oder mit Schilf. Die Frage, woher die Gemälde denn stammen, sollte ich nicht mit Namen beantworten, PRIVATBESITZ; hingegen redete ich von einer niederländischen Schule, bis einer, ein schäbiger alter Herr, mir ins Gesicht lachte. Ob ich das denn selber glaube? Ich erinnere mich, daß es Frühling war, und um sechs Uhr, wenn ich mich auf mein Fahrrad setzen durfte, war ich glücklich, auch wenn ich nichts verkauft hatte. Wie es denn ginge, fragte W. nicht ohne Interesse, menschliches Interesse, denn Geld brauchte er nicht. Anderseits hatte W. nicht unrecht: ich konnte ja in der Garage auch lesen, sagte er. Das ganze Unternehmen, glaube ich, dauerte drei Wochen, also nicht sehr lange; auch verdiente ich tatsächlich etwas dabei, obschon ich immer sehr bald auf den untersten Preis ging. Kein guter Makler also; ich war gekränkt, als wäre ich weiß Gott wer, und dabei mußte ich mir sagen, daß mein Vater, ehedem Architekt, gegen das Ende seines Lebens auch Liegenschaftenmakler geworden war. Das wußte W. natürlich. Er fand nichts dabei. Er hatte keine Vorurteile solcher Art. Als ich später in einem Scherz, der eben keiner war, nicht verhehlen konnte, daß etwas mich gekränkt habe, war es schmerzlich für W., ich sah seine Miene tiefer Betroffenheit. Schließlich hatte seine Familie mich ja nicht gezwungen, ich hatte den Vorschlag angenommen. Das mußte ich mir selber sagen. Zu einem Krach kam es nie. In jenen Jahren hatte W., wenn ich nicht irre, kaum andere Freunde, keine gleichaltrigen; er verehrte seinen Cello-Lehrer, einen alten Bildhauer in Zürich, einen Gelehrten, der im Haus verkehrte. Er hatte eine Freundin, war aber bedacht darauf, daß ich sie nicht kennenlernte; ein sehr unbürgerliches Mädchen, das er nie heiratete und nie vergessen konnte. Eine tragische Leidenschaft; über Jahrzehnte hin erzählte W. davon, einmal machten wir auf seine Bitte eine dreitägige Wanderung im Jura, weil es W. zu einer vollen Darlegung seiner Konflikte drängte. Was er zu sagen hatte, was zu sagen ihm schwerfiel, so daß er erst am zweiten Tag überhaupt davon anfangen konnte, zeigte einmal mehr seinen Reichtum an Gefühl, seine ungewöhnliche Intensität, sein Verantwortungsbewußtsein sowohl der Geliebten wie sich selbst gegenüber, ein unkonventionelles Verantwortungsbewußtsein allerdings. Ich empfand es als Auszeichnung, daß W. mich in seine vielfältigen Nöte einweihte, auch wenn ich seine Geliebte nie zu sehen bekam. Natürlich hatte ich keinen Rat. Auch Vaterschaft erlebte W. wie kaum ein andrer. Es wurde schwierig, als ich wieder mit meiner Schriftstellerei anfing, als diese veröffentlicht oder im Theater aufgeführt wurde, obschon ich wußte, was W. davon halten mochte. Wir trafen uns infolgedessen nur noch selten, dann ohne davon zu sprechen. Ich las auch mehr und mehr, was W. nicht las, und konnte ihn von nichts überzeugen; mein Interesse für gewisse Autoren machte ihn eher skeptisch gegen solche Autoren, zum Beispiel gegen Brecht, oder wenn sich herausstellte, daß wir denselben Autor bewunderten, Strindberg zum Beispiel oder Gide, so redete W. ungern darüber; er hatte sie für sich entdeckt und für sich bewahrt. Der Umstand, daß ich die Architektur aufgegeben hatte, machte mich in seinen Augen natürlich nicht zum Schriftsteller, und so redeten wir, wie gesagt, nie über meine Schriftstellerei, überhaupt immer weniger über Literatur. W. hatte einen andern Zugang zur Literatur. Ich begriff, daß W. meine Bücher nicht lesen konnte. Er hatte ein anderes Maß, dem sie nicht gewachsen sein konnten. Dabei gab W. sich Mühe; einmal besuchte er die Aufführung eines Stückes (DIE CHINESISCHE MAUER) und schrieb mir einen Brief, der ihm nicht leichtfiel, da sein Eindruck, freundschaftlich gesagt, mehr als zwiespältig war. Viele Jahre danach soll er nochmals die Aufführung eines Stückes besucht haben (BIEDERMANN UND DIE BRANDSTIFTER), jemand sagte es mir später. Er äußerte sich nicht mehr. Inzwischen waren wir Männer geworden. Schwieriger für ihn, so vermute ich, war mein Trend zur Politik. Davon redeten wir kaum. Die gesellschaftlichen Konflikte, die mir nach und nach bewußt wurden, sah W. in größeren Zusammenhängen; zwar hörte er zu, hob aber unser Gespräch in die philosophischen Fragen, wo ich meinem Thema nicht mehr gewachsen war. Ich erinnere mich: Im Weltkrieg, als man auch bei uns die Städte verdunkelte, fand W. es lächerlich und unnötig, daß auch die Villa seiner Eltern, die am Rand der Stadt lag, diese langweilige Order befolgen müßte; denn die Lichter einer einzigen Villa hätten den fremden Fliegern ja keinen Hinweis auf die Stadt geliefert, wenn diese verdunkelt war. Er war gegen Hitler, aber auch skeptisch gegenüber Demokratie, wo jede Stimme gleichviel wiege. Natürlich war W. durch sein Milieu verwöhnt; gerade darunter litt er auch. Es machte ihm Eindruck, als ich, ehedem sein Schulgenosse und Mittelmaß in der Klasse, meinen Lebensunterhalt verdiente, wie bescheiden auch immer. Das beschäftigte ihn, ich weiß es, als sein Problem. Seine Vorstellung, daß er nicht ebenfalls seinen Lebensunterhalt verdienen könnte, war natürlich unsinnig, sie bedrückte ihn hin und wieder. Hätte W. sich mit Leistungen zufrieden geben können, womit andere sich zufrieden geben müssen, um ihren Lebensunterhalt zu verdienen, es wäre ihm ein Leichtes gewesen, seinen Lebensunterhalt zu verdienen. Das wußte auch er. Überhaupt hatte ich meinem Freund wenig zu sagen. Es kam vor, daß ich ihm mit Kritik begegnete, und was geschah: W. hörte sie sich an, aber meine Kritik erwies sich als gewichtlos, verglichen mit der Kritik, die W. sich selber gegenüber hatte. Von Dünkel keine Spur. Im Gegenteil. Er erkannte sich als einen Geschlagenen. Und ich erkannte, wie sehr er mich schonte; die Ansprüche, denen kaum ein Mensch genügt, richtete W. einzig und allein an sich selbst, nicht an mich. Natürlich hat W. ein Urteil über Leute, ein strengeres sogar, als andere es aussprechen, ein gründliches und daher ein kompliziertes; aber er gibt es nicht preis, weder gegenüber Dritten noch unter vier Augen. Er will einen nicht vernichten. Sein Wahrspruch zur Person bleibt sein Geheimnis; gelegentlich trägt er nicht leicht daran. Das spürte man. Mein Größenwahn mußte ihm oft eine Pein gewesen sein. Dann zogen sich unwillkürlich seine Brauen zusammen, er schwieg. Eigentlich konnte ich sein Urteil nur ahnen, und er verließ sich darauf, daß man nur so viel ahnt, als man im Augenblick erträgt. Gierig auf Anerkennung durch ihn, der ein gründlicheres und wacheres Urteil hat als die Öffentlichkeit, war ich natürlich empfindlich, wenn W. mich plötzlich lobte zum Beispiel für meine Geschicklichkeit beim Anzünden eines Herdfeuers in einer Berghütte oder bei der Reparatur meines Fahrrades, später beim Steuern meines Fiat oder bei der Zubereitung einer Paella mit Krebsen oder bei ähnlichen Aktionen. Das war ein ganz und gar ehrliches Lob; denn unehrlich loben konnte W. nicht. W. war mein Trauzeuge, ich der seine. Es gab auch in späteren Jahren genug, worüber wir, ohne daß W. sich zu meinen Büchern äußern mußte, tagelang sprechen konnten, wenn wir wieder einmal wanderten; W. erlebte sehr viel, keine Abenteuer äußerlicher Art, sondern er erlebte sich selbst in einer Weise, daß auch Vorkommnisse, die bei andern ein triviales Mißgeschick bleiben, in seinem Fall ein exemplarisches Gewicht bekamen, sei es das Bersten einer Wasserleitung oder sein verspätetes Eintreffen zu einer Auktion oder das Verhalten der Pflegemutter seiner Tochter. Es konnte mühsam sein, doch immer wieder begriff ich, warum ich W.

bewunderte; er konnte berichten mit einer Fülle von Implikationen, daß man nachher den Eindruck hatte, selber erlebe man fast nichts. Wie W. die letzten Wochen seines alten Vaters schilderte, werde ich nie vergessen. Die Villa, die ich nicht mehr besuchte, wurde in seinem Bericht gespenstisch, und daß W. noch immer dort wohnte, eine Verdammnis. Dann sah ich ihn von der Seite an, während wir gingen und gingen, während er redete; Lenz im Gebirg. Er verglich sich nicht mit diesem, nicht mit Strindberg, nicht mit Hölderlin oder mit van Gogh, nicht mit Kleist, aber W. wußte sich ihnen näher als unsereins; eine tragische Existenz. Heute noch kenne ich seine Telefon-Nummer auswendig, und es sind mindestens fünfzehn Jahre her, seit ich sie zuletzt auf der Wählscheibe eingestellt habe. Auch ist es nie oder fast nie vorgekommen, daß ich nicht daran gedacht hätte: Heute hat W. ja Geburtstag. Ich schickte noch ein Telegramm zu seinem fünfzigsten Geburtstag, von Rom aus. Wann er mir gleichgültig wurde, weiß ich nicht genau. Es konnte ihm nicht verborgen bleiben, daß ich inzwischen wohlhabend war. Wie stellte er sich dazu? Manchmal hörte ich durch einen gemeinsamen Freund, einen Maler, zum Beispiel wie seine große Kunstsammlung ihn auffräße. Auch er, der Maler, bekam diese Kunstsammlung nie zu sehen; sie dürfte einmalig sein. Nachträglich fiel mir ein, daß ich seine Gefährtinnen, ausgenommen die Bürgertochter, die W. geheiratet und auch nach der Scheidung oft erwähnt hat, nie zu sehen bekommen habe. Die erste, weiß ich, war eine Krankenschwester. Wenn W. von Gefährtinnen erzählte, so geschah es stets mit großem Ernst, auch wenn er den Namen verschwieg: Eine Spanierin in Barcelona. Er hatte den Mut zu großen Konflikten. Einmal bockte ich, als seine Mutter mir sagte, wie schwer er's habe durch dieses Leiden seiner Frau, er komme kaum zu seiner Arbeit deswegen; ich äußerte Teilnahme auch für die leidende Frau. Ich meine nicht, daß W. ein simpler Egoist war. Er opferte sich nicht nur öfter als unsereiner; er opferte mehr, indem er sich opferte. Einmal war's komisch; wir hatten uns Jahre nicht getroffen und machten wieder einmal eine Wanderung in den Voralpen, GROSSER AUBRIG, wie früher so oft, und da ich auf ärztliches Gebot ein halbes Jahr lang nichts getrunken hatte und täglich eine Stunde gewandert war, fiel mir das Steigen leichter als W. Ich gebe zu, es freute mich, daß er nicht auf mich warten mußte. Er blieb zurück. Zum Gipfel war es nicht mehr weit, aber W. wollte nicht mehr. Unser Verhältnis so zu sehen, ich weiß, wäre zu primitiv. Er war an diesem Tag unsrer letzten Wanderung gerade nicht in Form. Er hatte in letzter Zeit (meine Spital-Zeit) Schweres durchgemacht. Schließlich sind wir keine Sportler, zwei Männer um fünfzig. Von meiner Arbeit zu sprechen, wie gesagt, habe ich mich nie getraut; sein stiller Verdacht, daß ich auf öffentliche Erfolge hereinfalle, war mein Verdacht geworden. Ich war ihm dankbar dafür. Eigentlich habe ich mich an meinen Erzeugnissen immer nur freuen können, indem ich W. vergessen habe, sozusagen hinter seinem Rükken; unter seinem blauen Blick wurde es mir mit meinen Erzeugnissen niemals wohl. Ich verriet sie zumindest durch Schweigen, das ein gemeinsames Schweigen war. Unsere letzten Begegnungen waren 1959. Die Frau, die ich damals liebte, hatte Philosophie studiert und über Wittgenstein geschrieben, promoviert über Heidegger. Das konnte W., der sie an diesem Tag zum ersten Mal sah, nicht wissen; ihren Namen hatte er schon gehört, ihr poetisches Oeuvre kannte er nicht. Auch sie hatte Mühe, sich vor W. zu entfalten; auch der TRACTATUS LOGICUS, den W. nicht kannte, hatte Mühe. Ich schwieg, um nicht als Halbkundiger zu stören. Philosophie-Kenntnis von einer Frau, die mit mir lebte, das ging ihm offensichtlich nicht ein; W. fühlte sich in unsrer Wohnung nicht wohl. Trotz Champagner; ich wußte, daß er Champagner mag. Und sie wußte, wieviel ich diesem Mann verdankte; davon hatte ich oft und reichlich erzählt, ohne meinen Freund allerdings schildern zu können. Nun saß er da, groß von Figur, auch schwer geworden. Es gab keinen Philosophen-Streit, vielmehr lehnte W. sich in den Sessel zurück; ich hatte W. noch nie so gesehen: Ein Mann! Nicht daß er der Frau, die etwas irritiert war, wie alle den Hof machte; W. besichtigte sie bloß, während sie zu sprechen versuchte. Man hatte ein erstes Glas getrunken, daran konnte es nicht liegen. Niemand führte das Wort. Da die Frau zwar nicht in dieser Stunde, aber durch ihre Bücher offenbar den Anspruch erhob, eine Dichterin zu sein, reizte es W., sich über Dichtung zu äußern, nicht fragend, sondern sicher, obschon er, wie wir hörten, in letzter Zeit fast nicht zum Lesen komme wegen der Katalogisierung der Sammlung. Sicher war Hölderlin für ihn größer als Hans Carossa, immerhin blieb Hans Carossa für ihn ein Dichter. Die Frau, die sich dazu nicht äußerte, erkundigte sich nach seiner Sammlung und warum W. sie uns nicht zeigen wolle, nein, auch nicht einmal ihr. Seine Meinung, daß er sogar das Recht hätte, Schätze aus dem alten China und Werke mittelalterlicher Meister sowie lebender Maler zu vernichten, weil er sie nicht bloß mit Geld erworben, sondern durch seine Wahl und seine jahrelange Beschäftigung mit ihnen sich einverleibt habe, war nicht scherzhaft; er sah sich unverstanden. Trotzdem hatte ihm diese Frau, wie ich später erfuhr, in einem gewissen Sinn gefallen; von einem

Dritten hörte ich, daß W. sich wunderte, wie der Frisch zu einer solchen Gefährtin gekommen sei. Die Summe, die mir seinerzeit ein Studium ermöglicht hat, habe ich nie zurückerstattet; es hätte ihn verletzen müssen, denke ich, es hätte seine Generosität sozusagen annulliert. Als ich W. neulich in Zürich erkannt habe, bin ich betroffen gewesen: Bewußtsein von Dankbarkeit, kein Gefühl. Ich habe ihm auch nicht geschrieben, daß ich ihn auf der Straße erkannt habe. Heute interessiert es mich nicht einmal mehr, was W. über unsere lange Geschichte denkt. Das vor allem macht mich betroffen. Ich meine, daß die Freundschaft mit W. für mich ein fundamentales Unheil gewesen ist und daß W. nichts dafür kann. Hätte ich mich ihm weniger unterworfen, es wäre ergiebiger gewesen, auch für ihn.

OVERLOOK:

das Schild hat versprochen, was es hier nicht gibt. Einmal von einem kleinen Hügel aus sieht man in der Ferne den blauen Wagen; weder ihr Wagen noch sein Wagen. NATIONAL CAR RENTAL, der blaue Wagen steht immer noch allein auf dem sonnigen Parkplatz. Es fällt ihm ein, daß niemand weiß, wo er sich an diesem Tag befindet. Das freut ihn. Auch wenn sie nicht mehr glauben, daß dieser Pfad je zur Küste führt, gehen sie: um nicht zu stehen in diesem Gestrüpp und Gebüsch, wo niemand sie sieht. Ein Funkmast, der jetzt zu sehen ist, zeigt an, wie weit die Küste noch entfernt ist; US MILITARY AREA, das hat er auf der Landkarte gelesen; hier käme man ohnehin nicht ans Meer. Sie haben sich verirrt. Es macht aber gar nichts; sie sind da, wo sie sind; ohne Ziel gemeinsam. Um sich nicht irgendwo auf die Erde zu setzen, gehen sie. Man hat schon großartigere Landschaften gesehen, trotzdem versucht er's mit der Kamera, MICROFLEX 200. Im Sucher zu sehen: Fels mit Büschen oder kahl, Himmel, in der Ferne ein plumper Leuchtturm, ZOOM, das ergibt auch nichts: der Leuchtturm noch etwas plumper. Es lohnt sich nicht, die Kamera surren zu lassen. Es wird Mittag, und es ist schade, daß man jetzt nicht am Meer ist; es ist Samstag. Einmal muß er sich den linken Schuh schnüren; sie wartet schlendernd. Wer die beiden sähe, würde nicht ohne weiteres wissen, was von ihnen zu halten ist: Tochter und Vater oder ein Paar? Sie küssen einander nicht; eine Weile lang, als sie auf einen breiteren Weg gelangt sind, gehen sie Hand in Hand, aber dieser Weg führt sie in eine falsche Richtung, und sie verlassen ihn wieder. Offenbar führt der Weg zu einer Farm; man sieht ein grasendes Pferd. In der Ferne ein fahrendes Auto auf dem Highway: lautlos. Man hört Vögel; kein Vogellied, ein gezwitscherter Alarm. Wieder denkt er daran, daß niemand (weder in New York noch in Berlin) vermuten kann, wo sie zu dieser Stunde sich befinden. Sie sind unerreichbar. Das haben sie gemeinsam. Ab und zu sagen sie etwas: LOOK AT THIS, um sich zu versichern, daß sie hier sind und nicht anderswo. Wahrscheinlich sucht sie auch niemand an diesem Tag. Sie haben Glück mit dem Wetter; gestern hat es noch geregnet. Beim Sprung über einen Tümpel hat sich der Knoten ihres Haares gelöst; ihr rotes Haar (Hagenbuttenrot, aber hell) fällt jetzt offen über ihren Rücken. Sie bleibt stehen, um wieder diesen Knoten zu machen, I AM GETTING HUNGRY, sagt sie, und da sie stehen, muß auch er etwas sagen. DO YOU KNOW DONALD BARTHELME? fragt er, HIS WORK? Sie liest nicht viel. HE IS A GOOD FRIEND OF OURS, sagt er, um sich nicht als Kenner der amerikanischen Literatur aufzuspielen. Unterdessen hat sie ihren Knoten aufgemacht, und da er vor einer Stunde versprochen hat, den Parkplatz wiederzufinden, geht er jetzt voran. Ohne Pfad. Einmal eine Coca-Cola-Dose im Gras; also sind sie nicht die ersten Menschen hier. Dann fällt ihr neuerdings der Knoten auseinander; sie gibt es auf und läßt das Haar jetzt offen. Lynn ist noch unerreichbarer als er; zwar hat sie gestern, um früher loszukommen, im Office gesagt, wohin sie fahre mit Freunden; wenn aber jemand in sämtlichen Hotels der langen Insel anruft: nicht einmal ihr Vorname ist eingetragen, nur sein Name, und niemand vermutet die beiden zusammen.

MAX, YOU ARE A LIAR

Es gelingt nicht alles an diesem Tag. Zwar findet er den Parkplatz (nur in Träumen kommt es vor, daß ich den Wagen nicht mehr finden kann) und der blaue Ford steht an seinem Ort; nach wie vor der einzige Wagen. Sie hat den Schlüssel; Lynn fährt. Ein Hamburger oder eine Pizza würde ihr genügen. Draußen beim Leuchtturm, wo die Straße endet, ist das Restaurant noch nicht im Betrieb, nur die Toilette benutzbar. Er wartet auf der Terrasse. Ein Sternenbanner, das flattert; ein Fernrohr mit Münzeinwurf, das er nicht benutzt. Es ist windig hier. Wenn Lynn eine Weile weg ist und während er wartet, ist er gespannt, wie sie eigentlich aussieht; nicht ungeduldig. Hier sieht man das Meer, aber er versucht, sich an ihre Stimme zu erinnern. Wenn sie anruft, sagt sie bloß: HI! da er ihre Stimme kennt. Ihre Haut (das weiß er): die blasse Haut der Rothaarigen; ohne Sommersprossen. Er lehnt an die Mauer, Rücken zum Meer; sie wird über diese öde Terrasse kommen, und er ist gefaßt darauf, überrascht zu sein, daß sie, wie immer sie aussieht, auf ihn zukommt und einfach da ist. Jetzt ist es Mittag; alles ist außen: ein Sternenbanner, das flattert, ein plumper Leuchtturm, die Möwen, irgendwoher Musik aus einem Transistor, das glänzende Blech auf dem weiten Parkplatz, die Sonne, der Wind –

Lynn wird 31.

Vor wenigen Wochen habe ich meine Tochter besucht, die ältere, als Großvater. Es ist an der Zeit gewesen; die Enkelin redet schon. Auch den deutschen Schwiegersohn habe ich zum ersten Mal gesehen. Sie haben sich in Schottland getroffen und damals auf einer Ansichtskarte (ein grüner Hügel) gemeldet, daß sie heiraten. Die Begegnung: nicht leicht, nicht schwierig. Die Tochter, der gleiche Jahrgang wie Lynn, hat während des Gesprächs ungebleichte Schafswolle verarbeitet. Vorher haben wir einen Spaziergang gemacht, Vater und Tochter; Gespräch in Mundart. Vor Jahren hat sie vertrauensvoll geschrieben in schwerer Bedrängnis und ich habe ihr geschrieben. Sie hat mich auch besucht mit ihrem früheren Freund, der mir sehr gefallen hat ... Er ist der erste Sohn meiner ersten Braut, die ich nicht geheiratet habe, sie meine erste Tochter; vielleicht haben sie drum nicht geheiratet ... Es gehe ihnen gut, höre ich. Es ist nicht klar geworden, warum man sich jetzt wenig zu sagen hat. Sie hat eine Flasche deutschen Rotwein besorgt; die beiden trinken keinen Wein, und so habe ich es bei einer halben Flasche belassen. Ich bin einen Nachmittag und eine Nacht und einen Vormittag geblieben. Erst in der Bahn nach Hamburg, als ich habe lesen wollen, ist es klar geworden. Ich leugne nicht meine Schuld; sie ist mit langen Briefen, die der erwachsenen Tochter meine damalige Scheidung erklären, nicht zu tilgen. Sie wird gebraucht, unsere Schuld, sie rechtfertigt viel im Leben anderer.

MONTAUK

als sie jetzt auf den Steinen sitzen – es sind Leute da, Ausflügler, sie suchen Muscheln vor der Brandung; drei junge Schwarze mit Transistor, der lauter wird und dann wieder leise, sind vorbei gegangen, ohne sich umzuschauen nach dem Paar.

DIRTY OLD MAN

so kommt er sich eigentlich nicht vor.

HOW DO YOU CALL THOSE BIRDS?

Er fragt bloß, damit sie jetzt ins Weite schauen (es sind gewöhnliche Möwen) und damit er sich dabei vergißt: ein zu schwerer Mann, dabei beweglich, er trägt ein Western-Hemd nicht in der Meinung, daß es ihn jünger mache, sondern weil es praktisch ist, und was an Haar noch vorhanden ist, wirkt immer ungekämmt, auch wenn kein Meerwind es zaust; kein Herr; das Haar grau bis weiß ... Es fällt ihm ein, wann er zuletzt im Meer geschwommen ist.

SABLES D'OR, Juli 1973:

wir beschließen die Trennung.

Die Küste, hier, ist steinig; kein Strand: die Brandung mäßig. Sie tost nicht; sie schwappt zwischen den runden Steinen und verkräuselt und hinterläßt Blasen von Schaum. Ein Tümpel mit Schlamm. Es ist nicht der offene Atlantik, den sie gesucht haben, sondern die Bay, auch wenn das Festland nicht zu sehen ist.

WHAT ARE WE GOING TO DO?

Bedürfnis nach Arbeit.

WAS SAGEN DIE DELPHINE?

Der Titel gefällt mir, aber dabei ist es dann geblieben. Ich habe ihn neulich gefunden in einem alten Ringheft, das ich ins Gepäck genommen habe wegen Adressen, mit dem Vermerk: Roman einer mäßigen Zuversicht – es kommt zu keiner Handlung; die Hauptperson, der neue Mensch, tritt nicht auf. Die Delphine haben mindestens die Intelligenz der Menschen, doch keine Arme und Hände, deswegen haben sie die Welt nie erobert, sagt Lynn, weil sie keine Arme haben, sondern Flossen, und deswegen zerstören sie die Welt nicht. Zum Beispiel haben die Delphine nie einen Staat gegründet und wirken (das muß man zugeben) eher fröhlich. Lynn spricht mit den Delphinen, sie will kein Kind auf dem Land –

1972 habe ich keine Lynn gekannt.

Er ist noch immer überrascht, daß er diesen ihren Körper kennt. Er hat es nicht erwartet. Wenn Lynn nicht ab und zu ein Zeichen geben würde, daß auch sie sich an die Nacht erinnert, seine Hände würden nicht wagen ihren Kopf zu fassen.

1972 hat mich die Welt beschäftigt.

ALL POWER TO THE PEOPLE

die Mauerschriften von damals sind verwaschen, man hat den Eindruck, daß keine Veränderung mehr erwartet wird. Kommt man aus der Subway ans Tageslicht, so gehen die Leute wie vor zwei Jahren, es geht einfach so weiter: Warten bei Rot, Gehen bei Grün. Niemand weiß, was geschieht. Die Zeitungen tun nur so, als wissen sie's von Tag zu Tag. WATERGATE, wenn das nicht wäre. Meine Freunde sind jünger, aber sie kennen schon ihre Ohnmacht. Einzig die Frauen hoffen noch auf Veränderung. Der Rest ist Entspannung. Der Rote Platz in Moskau ist unversehrt; am Bahnhof Friedrichstraße in Berlin ist alles wie bisher, nur der Eintritt ist auf zehn Mark erhöht. Keine Rüstung aus der Absicht, Krieg zu führen, hat jemals so viel gekostet wie die wachsende Rüstung zur Vermeidung eines Krieges, den unsere Großmächte sich nicht mehr leisten können; ihr Friedenswille bis zum Bankrott steht außer Zweifel. Reisen? Es steht nicht mehr dafür; überall die gleiche mäßige Zuversicht. Kein Chaos. Es gibt noch alles, sonst könnte das Fernsehen es nicht zeigen: Staatsmänner, die aus dem Flugzeug steigen und winken, Tanks in der Wüste, die Schweizergarde des Papstes, ein Staatsmann stirbt, ein andrer tritt zurück, es wird weiter regiert. Das Öl der Scheiche und der Konzerne gilt als befristeter Trost, die Wissenschaft sucht andere Quellen. Im übrigen geschieht nichts, was nicht schon geschehen ist. Umweltschutz als die letzte Aufgabe der Menschheit –

8. 4. NEW YORK
17. 4. TORONTO
18. 4. MONTREAL
19. 4. BOSTON
22. 4. CINCINNATI
23. 4. CHICAGO
25. 4. WASHINGTON

Ich spiele meine Rolle. Nur im Flugzeug und im Hotel, wo die Veranstalter mich unterbringen, bin ich eine Weile allein und brauche nichts zu glauben, nehme Dusche oder Bad, dann stehe ich am Fenster, Blick auf eine andere Stadt. Ein wenig Lampenfieber jedesmal. Beim Lesen vergesse ich Wort für Wort, was ich lese. Nachher ein kaltes Buffet; ich antworte auf dieselben Fragen nicht immer dasselbe. So überzeugend finde ich keine meiner Antworten. Ich blicke einer Dame, während sie spricht, auf ihre nahen guten Zähne, bekomme ein Glas in die Hand und schwitze. Das ist nicht mein Beruf, denke ich, aber da stehe ich –

HOW DO YOU FEEL ABOUT RENOWN?

Als Lynn einmal die Frage stellt – das ist in ihrer Kitchenette, während sie zum ersten Mal für den Fremden kocht – kennt er diese Vokabel nicht. Er hat den kleinen Langenscheidt nicht zur Hand; Lynn umschreibt, was diese Vokabel heißt. Als er die Frage begriffen hat, ist er bereit, die Dose zu öffnen, sofern es einen Büchsenöffner gibt, Lynn sucht; Tohuwabohu in den Schubladen, aber der Büchsenöffner wird gefunden; nur ihre Frage ist verloren gegangen, und sie reden über Kalorien ... Ich wollte berühmt werden: als Torwart bei Länderspielen. Dann wechselte nicht nur das Interesse, sondern das Interesse am Tun nahm überhand. Als Uwe Johnson bei einem nächtlichen Bier in Spoleto (1962) rundheraus fragt: Herr Frisch, was machen Sie mit dem Ruhm? bleibe ich jede Antwort schuldig. Will er mich auf Größenwahn testen? Natürlich freut es mich, daß meine Stücke aufgeführt werden, daß meine Bücher mehr und mehr gelesen werden. Die Folge davon, nämlich daß ich ein bekannter Schriftsteller geworden bin, entgeht mir nicht. In einem Wald bei Zürich geht ein Paar an uns vorbei, ich merke, daß sie plötzlich ihr Gespräch unterbrechen; nach zwanzig Schritten blickt sie zurück, dann er. In der öffentlichen Sauna ist es lästiger; der Nackte, der mich vor der Dusche endlich anredet: SIND SIE NICHT HERR FRITSCH? ist offenbar kein Leser, weiß aber, daß ich eine bekannte Persönlichkeit bin, denn das Fernsehen hat gezeigt, wo und wie ich wohne. Einen Kugelschreiber, um meinen Namen richtig zu schreiben, haben wir im Augenblick beide nicht, nackt wie wir sind. Manchmal ist es vorteilhaft: ein deutscher Zöllner, nachdem er meinen Paß gesehen hat, möchte gar nicht in meine Koffer schauen, sondern behilflich sein; er kennt nicht bloß den Namen, sondern erinnert sich wohl an ein Stück, das ihm gefallen habe: DER BESUCH DER ALTEN DAME. Dasselbe widerfährt mir auch ohne Verwechslung, neulich in London zum Beispiel: SIR, IT IS A GREAT HONOR FOR ME, sagt ein junger Paßprüfer und nimmt sich trotz des Andranges noch die Zeit, drei englische Titel zu nennen und wissen zu lassen, was ihm am besten gefällt. Das hat mich gefreut; im Augenblick habe ich es brauchen können.

Wenn ich in einem Restaurant eine Dame begrüße und einen Haken suche für den Mantel der Dame, so denke ich natürlich nicht daran, daß ich beobachtet werde; sie sagt: Gehen wir anderswohin, hier hört man dir zu! Lange Zeit brauche ich mich nicht zu verstellen, sondern ich bin wirklich taub, wenn nebenan mein Name geflüstert wird. Natürlich weiß ich, daß ich Leser habe seit einigen Jahren, und ich habe sie auch schon in Sälen gesehen; ich rechne nicht damit, daß sie im gleichen Bus fahren. Ich empfinde mich nicht als öffentliche Person, wenn ich auf einem Bahnsteig warte, und brauche mich nicht zu bemühen, besonders bescheiden zu erscheinen; es beschäftigt mich ganz anderes. Wie bekannt ich bin, erfahre ich eines Tages durch meine Tochter, es verdrießt sie: kaum sagt sie beim Tanz ihren vollen Namen, so ist es mein Name und stört den Plausch. Das kann ich nicht ändern. Übrigens bin ich nicht mit einem Schlag bekannt geworden. Ich weiß nicht, was besser ist: wer eines Morgens erwacht und sieht, daß er bekannt ist, findet es fortan nur selbstverständlich und wundert sich nicht wie der andere von Mal zu Mal; der andere wirkt von Mal zu Mal kokett. Ich erschrecke leicht, wenn jemand, den ich nicht kenne, mich plötzlich anredet und sich als Leser entpuppt. Was macht man? Oft schätzen sie, was ich heute nicht mehr schreiben möchte, und man kommt sich fast wie ein Verräter vor; dann tue ich meistens, als habe ich Eile. Natürlich kommt es auch vor, daß jemand, ein Betrunkener in einer Bar, mich anödet oder es mindestens versucht; er nimmt an, daß ich von mir begeistert sei. In diesem Fall geht es nicht, daß ich sofort zahle und aufstehe; es geht aber in diesem Fall überhaupt nichts, kein Gespräch, kein anderes. Was den Mann so erbittert, ist eigentlich nicht meine Denkweise, sondern der Erfolg; meistens ist es ein Landsmann. Dann wieder vergesse ich es, daß ein Steckbrief besteht. Die meisten, die mich erkennen, bleiben diskret; sie lassen mich mein Bier trinken, ein Rumpelstilz, der sich nicht verrät, und nachher höre ich von Dritten, wo ich vorgestern ein Bier getrunken habe. Ich will nicht übertreiben, es ist verschieden von Gegend zu Gegend; überall wo die Arbeiterschaft wohnt, weiß ich mich sicher, ohne daß es mich gerade froh macht. Wer sind meine Leser? Wenn in Berlin ein Tapezierer fragt: Sind Sie denn der Schriftsteller? so sehe ich, daß mein Ja ihn erfreut. Wieso? Bedürfnis nach Hochachtung; der Mann hat den Namen gelesen und zweifelt nicht, daß es gerechtfertigt ist, wenn jemand einen Namen hat, und begrüßt es, daß ich einen Vorhang aufmachen lasse in Berlin, und macht seine Arbeit besonders gut. Man wird verwöhnt. In der Schlange stehen vor einer Kasse langweilt mich wie jedermann; ich gedulde mich wie jedermann; aber unter Aufsicht. Auch daran gewöhnt man sich. Eine andere Folge: wenn es zu einem ersten Gespräch kommt, so reden die Leute nicht ohne weiteres von sich und von ihren Plänen, sondern von meinen Veröffentlichungen, oder wenn sie merken, daß das nicht erwartet wird, gerade das nicht, so beschränken sie sich aufs Zuhören; ich sitze in einer gewissen Isolation, die nicht immer zu durchbrechen ist und gefährlich als Verführung zum Monolog; es wird langweilig, in Gesellschaft zu gehen. Ein Typ, der gelegentlich auftritt, ein Intellektueller auf den ersten Blick: zwei Stunden lang tut er, als seien wir einander nicht vorgestellt worden, und redet auch vor dem Kalten Buffet kein einziges Wort; später kann es sein, daß er, während ich mich in einem Gespräch mit andern ereifere, zuhört aus einem Abstand, der ihn von jeder Stellungsnahme dispensiert; inzwischen habe ich tatsächlich seinen Namen vergessen, und so beginnt unser Kontakt damit, daß ich mich entschuldige; er rückt deswegen nicht näher, solange die andern noch an dem Gespräch teilnehmen; später am Abend werde ich ihn nicht mehr los, wir stehen jetzt in einer Ecke, wo er hartnäckig zeigt, daß Berühmtheit (so nennt er's) überhaupt keinen Eindruck auf ihn macht. Ein intelligenter Kopf. Was er selber arbeitet, will er lang nicht sagen. Zum Schluß entschuldigt er sich. Wofür? Wir müssen ja nicht einverstanden sein. Wenn ich ihn um seinen Essay bitte, so bezeichnet er diesen Essay, der demnächst erscheinen wird, als überholt, und es wäre ihm lieber, wenn ich nicht lesen würde, was er über mich geschrieben hat. Offenbar nimmt er an, es werde mich nur kränken. Warum soll es mich nicht überzeugen? Erfolg über lange Zeit macht es leicht, gelegentlich nicht eitel zu sein. Das ist die gute Seite. Etwas anderes: ich gehöre nicht zu denen, die eine Legende schützt. Manchmal spüre ich es beim Händedruck: ihr Klatsch, den ich nicht kenne, macht die Leute befangen, denen man vorgestellt wird. In der Regel forsche ich nicht nach, was da geredet worden ist, und wenn es mir zu Ohren kommt, so erfahre ich mehr über die andern als über mich. Neid? Nicht der erste Erfolg und nicht ein zweiter, aber Erfolg auf Dauer ist ein Ärgernis gerade für die Anbeter des Erfolges; sie unterstellen, man habe kein anderes Bedürfnis und Ziel als sie zu belästigen durch Erfolge (was immer sie dafür halten); mit der Zeit sind sie so gereizt, daß nicht einmal mein Mißerfolg sie in Ruhe läßt. Es gibt auch Verehrer. Ein alter Mann in Berlin gehört dazu; ich erfahre es durch seine Frau, die ihn nötigt, daß er sich vorstellt. Das Gesicht einer Schülerin auf der Straße; ich sehe, daß ich Lehrstoff bin, und sie schaut, als könne ich sie nicht sehen in ihrer blanken Verwunderung.

Ferner gibt es Schmeichler; manche von ihnen verfolgen nicht einmal einen Zweck. Ferner gibt es Honoratioren, denen irgend etwas daran liegt, daß ich mich wohlfühle an der langen Tafel, und ihre Gattinnen. Etwas anderes: ein Sowjetbürger, ein jüngerer Mann, der 1968 auf dem Roten Platz demonstriert hat und den ich neulich in Gesellschaft zufällig getroffen habe, übermittelt Grüße aus einem sibirischen Arbeitslager, Dank im Namen von Insassen, die ich nie sehen werde; der unerwartete Gruß macht mich betroffen wie eine Mahnung, ein Auftrag, daß ich mich nicht fallen lasse. Ruhm? Im Gegensatz zum Erfolg macht er niemand neidisch. Es kommt zu keiner Schmeichelei; selbst wenn die Person es zuließe aus Verlegenheit, der Ruhm läßt Schmeichelei nicht zu. Ich denke an Begegnungen mit Beckett: es ist einfach mit ihm zu reden oder zu schweigen bei einem Schach, das Werk scheint ferne von ihm, zugleich ist er identisch damit. Auch kommt es nicht dazu, daß der andere sich geschmeichelt fühlt; da sitzt kein Star, auch keiner, der durch Allüren der Bescheidenheit sich zu verstecken sucht und dadurch verrät, daß er sich als Star sieht. Das gilt auch für den kleinen Ruhm. Es wird erwartet, daß einer nicht Ausschau hält nach Verständnis, geschweige denn nach Lob, oder wenn es erwartet wird, so erweist es sich als Irrtum. Er kann übrigens als Person enttäuschen, zum Beispiel indem er unglücklich ist. Kommt es zum Vorschein, daß er einen Teil seines Werkes oder das ganze widerruft, so ist das seine Sache; seine Selbstwertung ist für die andern nicht verbindlich; der Name, den er bei seiner Geburt bekommen und ein Leben lang als Unterschrift verwendet hat, bezeichnet eine öffentliche Wirkung und hat sich von der Person abgelöst. Das muß er lernen; wenn er es nicht lernt, so verletzt er sich unentwegt. Ruhm bewirkt nicht Einstellung der Kritik, nur wird erwartet, daß Kritik nicht mehr persönlich treffe, und das zu Recht, denn es wird Kritik nicht an einer Person und ihrer Arbeit, sondern am Ruhm. Die Gesellschaft braucht Berühmtheiten; wen sucht sie sich dafür aus? Kritik wird zur Kritik an der Gesellschaft.

LYNN:

ihre Stimme, wenn er sie nicht hört, ist ihm gegenwärtiger als ihr Gesicht, wenn er es nicht sieht. Sie zieht die Vokale nicht nur in die amerikanische Länge, sondern in die Höhe. Sein Name, ausgesprochen mit ihrer Stimme, tönt hell, zum Schluß das kurze X wie auf Xylophon. Ihre Stimme kaut nicht. Keine gefühlige Stimme. Wie Töne von sehr straffen Saiten, dann ein Nachhall, der ihr einen Körper gibt. Es kommt vor, daß ihm im Augenblick ihre Stimme genügt.

Notizen im Flugzeug:

Es lohnt sich, einmal in der Ersten Klasse zu fliegen; neben mir ein jüngerer Fluggast, der, wie sich herausstellt beim Champagner, mit Bomben handelt. / Ein ehrlicher Mensch ist einer, der etwas verlegen wird, wenn man ihm sagt, er sei ein ehrlicher Mensch. / In Harvard eine amerikanische Germanistin, die über Ingeborg Bachmann arbeitet, das Werk und die Person; sie ist sehr dankbar für meine Hilfe: Angabe der römischen Adressen. / In Cincinnati die Frage, wie es denn sei, wenn ein Schriftsteller mit seinen früheren Arbeiten konfrontiert wird. Ich weiß nicht, was ich darauf geantwortet habe – statt zu berichten von dem Maler, der in Anwesenheit seiner Frau gesagt hat: ACH DIESES ALTE ZEUG, DIESE

SCHEISSE! und später, als es um eine Ausstellung geht, eine Retrospektive, sagt sie, um seine Grübelei zu verkürzen: LASS DOCH DIESES ALTE ZEUG! ohne zu merken, daß diese Bezeichnung, seine, ihr nicht zusteht; nämlich sie hat es nicht gemacht. / Wenn man Amerikanern sagt: I AM A SOCIALIST, so verliert man ihre Achtung nicht, im Gegenteil, sie sind überzeugt, daß man eine Art von Star ist, der sich das leisten kann. / Vom Flugzeug aus: es ist nicht glaubhaft, daß man auf dieser weiten Erde mit so vielen Siedlungen und Städten irgendwo vermißt wird. Das erzeugt eine leichte Euphorie. Steht man mit dieser Einsicht in dieser oder jener Stadt, so macht sie hundstraurig. / Er ist gekränkt! das ist schlimmer, als wenn wir sagen: Er ist hundsgemein. Das letztere sagen wir ohne Herablassung. / Gefühle von Schuld, ohne daß ich weiß, was ich unter Schuld verstehe. / Zwei Mal, in Montreal und in Chicago, die öffentliche Frage: Stimmt es, Herr Frisch, daß Sie die Frauen hassen? / Verhältnis von Lebensalter und Unwissen: welche mathematische Kurve ergibt das? Trotz Zuwachs an Wissen schnellt die Kurve mit dem Lebensalter: das Unwissen wird unendlich. / Hat man schon zwei Hunde gesehen, die, wenn sie sich treffen, über einen dritten Hund reden, weil sie sonst nichts miteinander anfangen können? / Als Märchen von einem Fischer, der sein Netz einzieht und zieht mit aller Kraft, bis es an Land ist, das Netz, und er ist selber drin, nur er. Er verhungert. / Ihr katholisches Verhältnis zur Wahrheit. / Angst um das Gedächtnis: Wie wenn man mit Kreide auf Glas zu schreiben versucht und das Glas nimmt es nur spurenweise an, wahrt es unleserlich. Ich erinnere mich genau, wo und wem ich das gesagt habe. Wir sind auf einen langen Steg hinaus gegangen. Während er spricht, verstehe ich alles. Am Ende des Stegs sind wir dann stehen geblieben. Wäre er weiter gegangen und über den Steg hinaus und über das falbe Wasser, so wäre ich ihm gefolgt und würde jetzt erst ertrinken; ich weiß nicht mehr, wie er's erklärt hat. / Impotent (zum ersten Mal) mit 35 Jahren –

ARENA STAGE

Euphorie beim Anblick der leeren Bühne vormittags in Washington. Die Moritat von dem Graf, der zur Axt greift, haben sie vor einem Jahr gespielt; die Schauspielerinnen und Schauspieler stellen sich mit den Namen ihrer Rollen vor: COCO, ELSA, MARIO oder I AM THE WIDOW, I AM THE MURDERER. Was sie können, sehe ich am Abend: LEONCE AND LENA. Ich bin begeistert, es ist ehrlich, was ich nachher in den Garderoben sage, und so sind die Küsse, die ich bekomme, auch verdient. Ich muß versprechen, ein Stück zu schreiben und nach Washington zu kommen und das Stück mit ihnen auf diese Bühne zu bringen. Ich verspreche es. Was für ein Stück? Ein neues Stück, ich meine: ein Stück andrer Art, ein heiteres, ein schamloses, nicht unbedingt zum Lachen, aber ohne Lehre. Ohne Hoffnung über das bloße Spiel hinaus. Das verspreche ich nicht mir, sondern der Schauspielerin, die eben die ROSETTA gespielt hat; es muß jemand dastehen, ein Körper, damit ich mir das Versprechen glaube. So hat es übrigens angefangen, das Bedürfnis, Stücke zu schreiben: ich sehe Körper, die spielen können, und ich möchte, daß sie mich spielen, daß meine Rede einen Körper bekomme, viele Körper, männliche und weibliche.

Er hat ihr einfach die Brille aus dem Gesicht genommen, um einmal die Augen zu sehen. Sie hat über sein Englisch gelacht. Er hat es getan, ohne ihre Schläfe zu berühren, sorgsam wie ein Optiker mit einer Kundin. Sie steht in ihrer Kitchenette, Geschirr in beiden Händen, im Augenblick wehrlos. Farbe ihrer Augen: wie heller Schiefer unter Wasser. Er findet, eine Brille stehe ihr gar nicht, und sie findet ihn unfair. BECAUSE I NEED GLASSES, sagt sie. Also gibt er die Brille zurück. WHY DON'T YOU HAVE A SEAT, sagt sie. Ein hübsches Apartment. BUT VERY SMALL, sagt sie. Trotzdem geht er auf und ab, die Hände in den Hosentaschen: LIKE A PRISONER, sagt sie, OR LIKE AN ANIMAL. Sie hat ihn eingeladen, weil er neulich diesen Business-Lunch bezahlt habe und weil er, so vermutet Lynn, seit drei Wochen immer in Restaurants speise. Eine freundliche Idee; er weiß sie zu schätzen und setzt sich wie ein Gast. Lynn ist eine langsame und umständliche Köchin, sie kann dabei nicht reden. Hingegen kann er etwas helfen: Tomaten in Scheiben schneiden. Das kann er, ohne den kleinen Schreibtisch zu verschmutzen; er kann auch dabei reden, nur fällt ihm nicht viel ein: daß in Kanada die Seen noch gefroren sind, diese vielen Seen, verstreut wie weiße Zettel, wie zerfranste Fetzen, wenn man ein Blatt aus der Schreibmaschine gerissen und zerfetzt hat. Dann ist auch das getan, die zwei Tomaten in Scheiben geschnitten. Es ist Sonntag, früh am Abend und draußen noch hell, und er steht wieder, während es in einer Pfanne brutzelt. Er sieht sich ihre Bücher an. Er weiß, daß er langweilig ist. Über Literatur hat er in den letzten Tagen genug geschwatzt. Ob er auch koche? Lynn hat nicht viele Bücher, was ihn erleichtert. Gespräche über Literatur, die meistens darin bestehen, daß man Kenntnisse demonstriert und Urteile verschleudert, danach hat er kein Bedürfnis; auch sonst nicht. Lynn hat eine Flasche Wein gekauft, die er, der männliche Gast, entkorken kann, SAUTERNES. Eine Tätigkeit; er ist froh drum. Ob er hungrig sei? Ihr Haar, bisher offen und lang, stört sie, wenn sie sich bücken muß, um Sahne aus dem Eisschrank zu holen; Lynn muß ihr Haar wieder einmal auf den Kopf knoten, bevor sie weiterkochen kann, und zuerst muß sie die Hände waschen, dann trocknen. Sie ist etwas nervös, obschon er eigentlich nicht zuschaut. Es ist noch Zeit für eine Pfeife. So setzt er sich denn wieder ins Sofa. Er kennt sein Alter; er ist entschlossen, es endlich anzunehmen. Es wäre dringlich, jetzt irgendetwas zu reden. Warum redet Lynn nicht? Im stillen, während er die Pfeife stopft, ist er entschlossen, nach dem Essen nicht lang zu bleiben und sie keinesfalls zu küssen. Er stopft die Pfeife so gelassen wie möglich, so umständlich wie möglich. Es steht diesen Händen nicht zu, ihre Taille zu fassen. Lynn ist mit einer zweiten Pfanne beschäftigt. Ihr Apartment: kleiner als er zuerst gemeint hat, eine Tür zum Bad, die andern Türen sind Schranktüren, also Einzimmer. Zwei Fenster vergittert; trotzdem ist ihr TV-Gerät gestohlen worden. So sicher sind diese Gitter offenbar nicht; er sieht, wo die Gitter verbogen worden sind. WHAT CAN YOU DO, sagt sie. Natürlich wohnt man in Angst. Dann bittet sie den Gast, daß er den Wein eingießt. Vor den beiden Fenstern: die eiserne Feuerleiter, wie gemacht für Einbrecher. Aussicht auf eine Mauer, die kaum fünf Meter entfernt ist, eine fensterlose Mauer; darüber noch etwas Himmel. Darf man fragen, was die Miete kostet. Es schmeckt, was Lynn gekocht und gebraten hat, und sie ist jetzt entspannt. Sie stoßen nicht mit den Gläsern an, Lynn sagt nur: HI! Sie hat einen guten Appetit, steht aber nochmals auf, um den Plattenspieler zu bedienen, VIVALDI. Ihr Einkommen monatlich: 1080 Dollar, nach Abzug der Steuern: 750 Dollar. Ferien zwei Wochen im Jahr. Das ist hier üblich. Sie kann von Woche zu Woche gekündigt werden, wenn die Firma, die einen blitzenden Wolkenkratzer besitzt, mit Lynn nicht zufrieden ist. Das ist hier so.

MONEY

Die väterliche Frage nach ihrer wirtschaftlichen Situation (denn ihre Schule für geschädigte Kinder wird nicht vom Staat bezahlt, da ihre Pädagogik sich nicht dem Unverstand irgendeiner Behörde unterstellen läßt) habe ich unter vier Augen gewagt; die Tochter, die beim Gespräch ungebleichte Schafwolle verarbeitet, hat sie vielleicht mißverstanden. Was ein Vater, indem er die Familie verlassen hat, seelisch seinen Kindern schuldig geblieben ist, läßt sich nicht wettmachen mit Geld. Ihre Antwort: Man komme vorläufig zurecht. Ihre Miene eher spöttisch.

IT IS POINTLESS

sagt Lynn, als er sie dennoch geküßt hat. Sie hat, um sich aufs Sofa zu setzen, ihre Schuhe abgestreift, und ohne diese Kothurne aus Kork ist sie natürlich kleiner, nicht viel, etwas kleiner. Das hat ihn überrascht. Sie hat auch geküßt, dann aber die fremden Hände von ihren Hüften gelöst, nicht hastig, nur mit sanfter Bestimmtheit; ihre Antwort ist nicht beschämend, da sie seinen Vornamen dazu gibt: nicht peinlich, nur klar. Nachher holt sie ein Album. Er mag keine Fotos. Er muß aber Gast sein. Fotos von der Hochzeit eines College-Girls in Florida: Lynn in Weiß, weniger schlank als heute, eine lange Garbe von Blumen im Arm, Hochzeitsgesellschaft unter Palmen. I GOT MARRIED AS A VIRGIN, sagt sie, THAT SHOULD NOT BE ALLOWED. Um sie zu zeigen, reißt sie jedes einzelne Foto aus dem Album.

MEMOIREN

Als ich zum ersten Mal geheiratet habe ... Er versucht es in Englisch zu erzählen: SHE TOO WAS A VIRGIN, aber das gehört nicht zur Geschichte, SHE WAS AN ARCHITECT TOO. Er findet es eine seltsame Geschichte und hofft, daß sein Vokabular ausreicht ohne den kleinen gelben Langenscheidt, sofern Lynn nicht zuviele Nebenfragen stellt. I GOT MARRIED TWICE, sagt er, LEGALLY, fügt er hinzu, um es kürzer zu machen und zu der Geschichte zu kommen; eine von diesen authentischen Geschichten, die nicht zu lang werden dürfen. Ab und zu sagt er: YOU KNOW WHAT I MEAN. Wir beziehen eine Wohnung, drei Zimmer, Parterre mit einem kleinen Gartenfleck davor, und wir sind glücklich, sagt er: TO HAVE GOT THIS PLACE. Wer sonst noch in dem Mietshaus wohnt, kümmert mich nicht. Ich erfahre trotzdem, daß im ersten Stock eine jüngere Frau wohnt, die am ganzen Körper gelähmt sei, eine Frau Haller, die man infolgedessen nie im Treppenhaus zu sehen bekommt. I WAS THIRTY ONE, sagt er, EXACTLY YOUR AGE. Am ersten Morgen nach dem Hochzeitsfest aristokratischen Stils liegen Blumen vor der Wohnungstür. Von Frau Haller aus dem ersten Stock. Ich gehe nicht hinauf, um zu danken. Hingegen treffe ich im Treppenhaus gelegentlich ein älteres Fräulein, das die Gelähmte betreut; sie heißt Eichelberg oder Eichelberger, man grüßt sich am Briefkasten, wobei das Fräulein jedesmal ein undurchsichtiges Lächeln zeigt. Sie hört viel Radio, die Gelähmte, nicht nur Musik, die weniger stört, auch Hörspiele und Vorträge. Ihre Stimme hören wir nie. Wie wir durch eine gemeinsame Waschfrau erfahren, kann sie ihr Bett schon seit Jahren nicht verlassen; sie wird es auch nie wieder verlassen können. INCURABLE, das ist das Wort, INCURABLE. Wenn ich, was öfter einmal vorkommt, hinaufgehen muß und Fräulein Eichelberg um etwas bitte, um Salz oder um einen Büchsenöffner oder was in unserem jungen Haushalt gerade fehlt, warte ich im Treppenhaus; ich sehe die kleine Diele und durch eine offene Türe in das Zimmer, wo die Gelähmte liegt. Sie selbst sehe ich nicht, bloß einen Schrank, dazu die Ecke eines Teppichs. Ich weiß jetzt, wo ihr Bett steht. Sie hört meine Stimme. Nachher vergesse ich sie wieder. Einmal wird es peinlich. Ich muß um elektrische Sicherungen bitten; ohne den Vorrat an elektrischen Sicherungen, der bei Fräulein Eichelberger so sicher zu erwarten ist wie ihr seltsames Lächeln, hätten wir unsere junge Ehe oft im Dunkeln verbringen müssen. Man bittet mich einzutreten. Ich verstehe: Frau Haller, die schon ein Jahr lang meine Stimme kennt, wünscht den Hausgenossen einmal zu sehen. Ich lüge sofort, ich sage, daß wir grad Besuch haben. Es wären fünf oder sechs Schritte gewesen. Gern ein andermal! sage ich und bedanke mich für die Sicherungen. Anderntags lege ich einen eignen Vorrat an elektrischen Sicherungen an; ich mag nicht mehr hinaufgehen. Ich weiß eigentlich nicht, warum ich Frau Haller nicht sehen will. Ich bitte meine Frau, daß sie, wenn sie ihre Einkäufe versäumt hat, selber hinaufgehen möge. Ein Jahr lang gehe ich auch nicht wieder hinauf. In jener Zeit kommt unser erstes Kind, und ich bin entschlossen, eine andere Wohnung zu suchen, eine größere, doch dazu fehlt das Geld, und wir bleiben. Es vergeht ein weiteres Jahr, bis ich weiß, wer Therese Haller ist. Es ist nicht zu verhindern und natürlich, daß meine Frau und dieses Fräulein Eichelberg, das gelegentlich unsere Ursula hütet, sich angefreundet haben und daß meine Frau in die obere Wohnung gebeten worden ist; sie hat nicht Nein gesagt, sie hat die Gelähmte kennengelernt, die nicht einmal ihre Hände bewegen kann, nur noch ihren Kopf. Lähmung infolge einer Geburt. Das erfahre ich, während wir am Tisch sitzen, meine Frau und ich und unsere Kleine im Kinderthron, und während die Kleine sabbert, vernehme ich ferner, daß die Unheilbare mich kennt. Wir seien zusammen in die Volksschule gegangen. Therese Haller-Mock, seit Jahren habe ich täglich diesen Namen auf ihrem Briefkasten gesehen, ohne je den Mädchennamen herauszulesen: Thesy. Wir sind nicht nur zusammen in die Volksschule gegangen, MY FIRST LOVE, sagt er, BUT SHE COULD NOT KNOW THIS. Ein dralles Mädchen mit blonden Zöpfen, die wir verspotteten, um dran zerren zu können. Ich war nie mit ihr allein. Mein bester Freund, ein Arbeiterbub, liebte Thesy auch. In der Bratpfanne seiner Mutter, die tagsüber in einer Spinnerei arbeitete, gossen wir Eheringe aus Blei. Davon konnte Thesy nichts wissen. Ganze Nachmittage verbrachten wir mit dieser Gießerei, wobei das Blei, in der Bratpfanne wie Silber, beim Erkalten jedesmal den Glanz verlor, und bis man den Ring an den Finger stecken konnte, war er jedesmal matt und grau. Es blieb uns nichts anderes, als Thesy im Schulhof zu fangen und an den Zöpfen zu zerren. Ein Mal, auf einer Schulreise, küßte sie mich auf die Lippen, die Vierzehnjährige, und meinen Freund ebenso … Ich verspreche, in den nächsten Tagen die Gelähmte einmal zu besuchen; ich habe es wirklich vor. Wenn wir im Garten sitzen, so kann sie uns hören; ihr Fenster steht meistens offen. Ihr Leiden sei schmerzlos. Als sie in der Zeitung gelesen hat, daß ich einen beruflichen Erfolg habe, läßt sie mich beglückwünschen. Ich bin noch immer nicht zu Frau Haller hinaufgegangen. WHY NOT? Er sagt: I JUST DON'T KNOW. Inzwischen habe ich eine Mansarde gemietet, um abends auch zu Hause arbeiten zu können; also gehe ich fast jeden Abend an ihrer Wohnungstüre vorbei. IT'S A SHAME, sagt er, I KNOW. Eines Abends, als ich von der Baustelle nach Hause komme, steht unsere Wohnungstüre weit offen, die Wohnung leer, es regnet in Strömen; meine Frau kann nicht im Garten sein, ich rufe vergeblich. Vielleicht ist sie oben? In der Küche steht eine leere Pfanne auf dem Herd, eine glühende Pfanne. Als ich hinaufgehe, öffnet Fräulein Eichelberger und beruhigt mich, meine Frau sei schon wieder bei Bewußtsein. Ich verstehe nicht, was geschehen ist, und als ich in die Wohnung trete, die zu betreten ich seit Jahren gemieden habe, bin ich auf alles gefaßt, nur in diesem Augenblick nicht auf Frau Haller. Meine Frau sei von einem Blitz am Herd getroffen worden. Meine Frau liegt in einem Sessel ziemlich verstört, bleich, aber wach. Sie erwartet zu dieser Zeit unser zweites Kind. Fräulein Eichelberg bittet mich, Platz zu nehmen. Ich setze mich nicht. Ich stehe zwischen meiner Frau und der Gelähmten, die in ihrem Bett liegt. Unsere Kleine ist auch da; wir als Familie. Draußen blitzt es noch immer. Nochmals zum Sitzen aufgefordert, nachdem ich den ausführlichen Bericht gehört habe, finde ich es an der Zeit, Frau Haller zu begrüßen; ich sage: Thesy! als sei ich eben erst ins Zimmer getreten. Ihr Bett steht übrigens nicht so, wie ich jahrelang gemeint habe, sondern im rechten Winkel zu meiner Erwartung; das irritiert mich nebenbei und läßt mich grad in diesem Augenblick vergessen, was ich doch seit Jahren weiß: Ich strecke ihr zum Gruß meine Hand hin, die sie nicht nehmen kann. Sie lächelt aber. Ihre Arme liegen neben dem Körper auf dem Bett, Arme einer Puppe. Übrigens duzen wir uns nicht. Ich setze mich so, daß sie den Kopf nicht drehen muß beim Sprechen. Frau Haller findet mich unverändert. Ihr Gesicht ist kindlich, und sie redet langsam, dabei fröhlich, soweit es sich schickt im Hinblick auf meine Frau, die sich immer noch vor jedem Blitz fürchtet. Fräulein Eichelberger hat einen Tee gemacht. Die Platte unseres Herdes habe ich ausgeschaltet. Als habe sie unseren Besuch erwartet, liegt die Gelähmte mit einer Halskette und mit einem Armband, tadellos gekämmt. Sie fragt nicht, warum ich nie heraufgekommen bin. Unsere Ursula sitzt auf ihrem Bett. Als eine Tasse Tee getrunken ist, finde ich es an der Zeit, meine Frau hinunterzuführen, obschon gerade sie die Geselligkeit, die sie ihren Schrecken etwas vergessen läßt, eigentlich genießt, und ich sage wie schon einmal: Gern ein andermal! Ich bedanke mich natürlich für die Hilfe und alles. Wie ich mich verabschieden soll, da Frau Haller ja ihre Hand nicht geben kann, weiß ich nicht. Soll ich ihre Hand trotzdem fassen? Inzwischen ist uns auch der Name meines damaligen Freundes wieder eingefallen: Bondi hieß er, Emilio Bondi. Was aus ihm geworden sein mag. Als ich mich endlich und etwas plötzlich verabschiede, sage ich: Frau Haller. Das tönt richtiger als Thesy, herzlicher, dabei fasse ich ihre reglose Hand, die neben dem Körper auf der Decke liegt; sie scheint es nicht zu spüren. Wir gehen. Der Arzt hat meine schwangere Frau untersucht und alles in Ordnung gefunden. Erst in den letzten

Stunden vor der Geburt kommt die Erinnerung daran, es ist eine regnerische Nacht ohne Gewitter, plötzlich eine irre Angst, es werde ein unheilbares Wesen geboren, unheilbar von Geburt an. Ich fühle mich schuldig. Meine Frau denkt auch daran, ich seh's, nur geben wir es uns nicht zu. Ich halte ihre schwitzende Hand, bis der Arzt mich wegschickt; ich soll mich ins Wohnzimmer setzen und einen Schnaps trinken, man werde mich rufen. Meine Frau will aber, daß ich zugegen bin bei der Geburt, und ich bleibe, bis das Kind da ist. Ein gesundes Kind, ein Sohn. Wir wohnen noch einige Jahre in jener Wohnung, aber Frau Haller habe ich nie wieder besucht. Ich habe es mir immer nur vorgenommen. Später (1955) habe ich die Wohnung verlassen –

MAX, YOU ARE A MONSTER

– und wohne allein: zwei Zimmer in einem Bauernhaus, Küche und Bad, Plattenspieler gestattet bis 22.00, man braucht sich nicht zu strecken, um an die Zimmerdecke zu greifen, die alte Bauernjungfer unten hört jeden Schritt, auch wenn man die Schuhe ausgezogen hat; das leise Geräusch im Ölofen; drei arbeitsreiche Winter, vier arbeitsreiche Sommer –

MONTAUK

Es gelingt nicht alles an diesem wolkenlosen Tag. Sein Vorschlag nach der Landkarte: CULLODEN POINT. Was er sich versprochen hat: ein Dorf, ein kleines Fischerdorf mit Hafen, Masten, Häusern, Einwohnern (wie in der Bretagne vor einem Jahr) und dann lohnt sich nicht einmal ein Stop: ein flaches Gelände mit Baracken, zum Teil verrottet, Motorboote an

Bojen, andere zur Reparatur auf dem Gelände, Parkplätze, Tankstellen mit Wimpeln, Haufen von alten Pneus, Gelände mit Abfall aller Art und Pfützen: FOR SALE, die bekannten Schilder: TEXACO, PIZZA, SHELL, BLUE RIBBON, HAMBURGER, REAL ESTATE. Es ist genau Mittag – vielleicht möchte die junge Frau, die Lynn heißt, jetzt lieber allein sein anderswo ... AMAGANNSETT, auch ein indianischer Name; hier steigen sie aus, obschon es auch kein Dorf ist: Rasen um kleine hölzerne weiße Villen, Rasen und Bäume, alles gepflegt, einmal ein Schild: FOR RENT. Keine Zäune; alle sind wohlhabend in diesem Bezirk, alle haben Blumen, Wohlstand als Natur. Sogar der blaue Himmel erscheint wie gepflegt. Da und dort steht eine glänzende Limousine. Ein Rasensprenger gegen die grüne Langeweile. Was sollen sie hier? Es ist einerlei, ob man in dieser oder in der andern Richtung geht: Rasen und Bäume, die weißen Villen. Irgendwo ein Sternenbanner; offenbar die Mitte des Ortes. So friedlich, alles so blank und friedlich und wie auf einer Reklame. Man hört Vögel. Plötzlich ist es so öde, daß man sich über nichts unterhalten kann. Man liest Schilder: CHURCH, LIQUOR STORE, ANTIQUE SHOP, BOUTIQUE. Es wäre die Rettung, wenn man irgend etwas brauchen würde. Immerhin schaut Lynn sich Hosen an, Gürtel, nichts Bestimmtes; was eben da ist. Sie wird nichts kaufen; sie würde es nicht wollen, daß er es ihr schenkt. Wie immer wenn eine Frau sich Sachen ansieht, die sie um keinen Preis kaufen wird, langweilt er sich sofort. Er erinnert Lynn nicht an ihren Hunger. Er hätte eher Durst. Das Mädchen, das die Boutique führt oder zumindest bedient, hat sich nicht aus ihrem Sessel erhoben; eine Leserin barfuß. Sie stören nicht, auch wenn Lynn einmal eine Frage stellt, um nicht unhöflich zu sein, und darauf eine Antwort bekommt. Was in dem Taschenbuch zu lesen ist, scheint das Mädchen mehr anzugehen als die Boutique. Er weiß nicht, warum er auf ihre Füße schaut, die Füße der Leserin. Zierfische in einem Aquarium. Es ist schade um die Zeit. Lynn steht jetzt bei den Hüten. Er wundert sich, daß er nicht nervös wird. Irgend etwas denkt das Hirn immer, oft dasselbe, so daß es ihn nicht interessiert, was es denkt. Als er aus einem Bündel von Gürteln mit schweren und grimmigen Schnallen einen herausgreift, um ihn zu mustern, sagt Lynn: MUCH TOO EXPENSIVE. Auch das stört die Leserin nicht. So können sie denn gehen. BYE, sagt er; die Leserin blickt nicht auf, sagt aber: HAVE A NICE DAY. Im Wagen (Lynn fährt) weiß er, was er in der Boutique gedacht hat: – Ich möchte diesen Tag beschreiben, nichts als diesen Tag, unser Wochenende und wie's dazu gekommen ist, wie es weiter verläuft. Ich möchte erzählen können, ohne irgendetwas dabei zu erfinden. Eine einfältige Erzähler-Position.

Warum grad dieses Wochenende?

– statt zu beschreiben die ersten Einkäufe auf dem kleinen Wochenmarkt in Berlin, die leere Wohnung, wo ich tagsüber auf die Handwerker warte. Morgen soll es auch warmes Wasser geben. Straßen in diesem halben Berlin und seine Kneipen, seine halbe Havel, seine Kiefern unter nordischem Himmel. Nachmittag in der Stadt, um Geräte für die Küche zu kaufen; es ist das siebente Mal, daß wir eine Küche einrichten. Die Wohnung liegt in der Flugschneise Tempelhof; die Flugzeuge kommen niedrig, so daß es im Hinterhof dröhnt, von Westen her und starten gegen Westen; dazwischen Stille, Friedenau. Man braucht doch mehr als vermutet:

Lamellen-Vorhang wegen Morgensonne auf dem Arbeitstisch. Ich schraube fünf Garderobenhaken an. Noch vorgestern haben wir gesagt: Ich gehe jetzt in die Wohnung. Heute sagen wir: Ich geh nach Haus. Allerlei Pappschachteln benehmen sich wie Möbel; Bücher auf dem Boden. Ein alter Schrank, der jedem Besucher sofort gefällt: wer hat ihn gefunden? Du hast ihn gefunden. Wer hat den langen Tisch gefunden? Ich kümmere mich um Dübel. Es hallt in den leeren weißen Zimmern; Musik aus dem kleinen Transistor. Genau die Art von Wohnung, die wir in Zürich vergeblich gesucht haben: einfach, aber mit hohen Zimmern. So sind wir denn in Berlin. Die Begründungen dafür ergeben sich: Leben mit der Mauer, ein paar Freunde auch drüben, der eine und andere beschämt mich durch Tapferkeit, eine lange Tapferkeit. Sonntag am Kleist-Grab. Der beste Innenraum der neuen Architektur, den ich kenne: die Philharmonie von Scharoun. Ein kalter Februar; die leichte Luft. Zuerst bewohnbar wird die Küche; Herd mit Gas. Die Wohnung soll nicht voll werden, so meine ich auch, aber Stühle braucht man. Das Telefon steht auf dem Parkett. Ein kleiner Rundtisch erinnert an Gartenwirtschaft oder Bistro. Ein Jugendstil-Leuchter, den Jurek aus der DEUTSCHEN DEMOKRATISCHEN REPUBLIK gebracht hat, und ein andrer Jugendstil-Leuchter, der auch Dir gefällt. Oswald Wiener führt eine Kneipe, EXIL, wo wir uns wohlfühlen. Du hast Stühle gefunden, das Stück zu 50 Mark, und bist begeistert von dem Laden, den zwei bärtige Studenten führen; da stehe ich, um die Stühle zu prüfen, und Du wendest Dich ab, als gehörte ich nicht zu den Stühlen; ein anderer Kunde. Die Bärtigen, die einen Wein anbieten, wenden sich an uns beide als Kundschaft, dieselbe Kundschaft. Ein Nachmittag am Schlachtensee; wenn Du fröhlich bist, vergesse ich für eine Weile wieder Dein Unglück mit mir ...

JOURNAL INTIME

Wenn ich einmal darin lese, zum Beispiel weil ich ein Datum brauche für unser Gespräch, so bin ich bestürzt: daß ich vor zwei oder vor fünf Jahren genau zu derselben Einsicht gekommen bin – nur habe ich sie dann wieder vergessen, weil es mir nicht gelungen ist, nach meiner Einsicht zu leben; ich habe das Gegenteil gelebt mit zäher Energie.

IT IS POINTLESS

Er hat ihren Anruf aus der Halle erwartet. Ein sommerlicher Abend draußen. Stattdessen klingelt es an der Zimmertüre, und Lynn steht da. Erst im Zimmer, nachdem er die Türe zugemacht hat, sagt sie: HI! Ihre Zotteljacke legt sie nicht ab; sie wollen ja nicht im Zimmer bleiben. Man gibt sich nicht die Hand. Lynn ist heute nicht zu ihrer täglichen Meditation gekommen. Zwanzig Minuten vor jedem Frühstück, zwanzig Minuten in ihrem Office-Sessel nach der Arbeit. Heute hat der Boß sie gerufen; eine Konferenz. Sie braucht jetzt nur einen Sessel und ihre zwanzig Minuten. Es ist nicht nötig, daß er das Zimmer verläßt; seine Anwesenheit stört nicht, sofern er nichts redet. Nachdem sie ihre Tasche auf den Teppich gelegt hat, eine große Tasche, eine Art von Sack, sitzt sie wortlos mit geschlossenen Augen, die Hände flach und lokker auf den Hosen. Er könnte unterdessen die Zeitung lesen, BOOK REVIEW. Er hantiert aber in der kleinen Küche, um entfernter zu sein; ohne seine Jacke auszuziehen. Während sie also sitzt und atmet, die Hände locker und reglos, beobachtet er sie kaum. Sie atmet. Nichts weiter. Sie atmet leicht und dann, so scheint es ihm, immer langsamer, regelmäßiger. Übrigens hat er auf seine Uhr geschaut: wegen der zwanzig Minuten. Einmal verstellt sich ihr rechtes Bein, sie scheint es nicht zu wissen; es rutscht nicht weg, das Bein, wie bei Schlafenden im Sitzen. Lynn schläft nicht. In den ersten Minuten, die lang sind, denkt er: SHOW. Dann steht er am Fenster, Rücken zu ihr, seine Hände in den Hosentaschen. Er schaut einmal mehr auf diese Straßenkreuzung hinunter aus dem elften Stock. Vor zwei Jahren war's der sechzehnte Stock. Die Leute, aus dieser Höhe gesehen: Hut mit Schultern, bunt, flach wie Knöpfe, aber begleitet von ihrem langen Schatten, solange die Sonne scheint oder beim Licht der Bogenlampen, dann dreht sich der Schatten um sie, wird kurz und wieder länger. Wenn man auf jemand wartet (wie vor zwei Jahren) und also die Person erkennen will, ist es schwierig: ein brauner Hut und schon meint man, sie kommt, sie kommt nicht sehr spät, kein Grund zu Verdacht. Man kann sich täuschen; der Hut geht anderswohin. Als er jetzt, um nicht wieder das alte Lied zu denken, endlich das Fenster verläßt: zwölf Minuten, und die Fremde sitzt noch immer im Sessel, Kopf gradauf, ihre Lippen geschlossen und schmal, ihre Augen geschlossen. INCONNUE DE LA SEINE, er versucht sie ironisch zu sehen. Auch das stört sie nicht. Schließlich setzt er sich in den andern Sessel, um eine Pfeife zu stopfen. Eigentlich wartet er nicht. Er sitzt einfach da, Ellbogen auf den Knien, die vergessene Pfeife in der Hand. Ohne Bedürfnis nach Tätigkeit. Still ist es nicht; das schale Rauschen der air-conditioning, ab und zu die Autobusse, einmal die Sirene der Polizei. Er betrachtet den Spannteppich. Offenbar haben sie in allen Zimmern hier den gleichen Spannteppich. Auch das hat er schon öfter gedacht. Einmal, im Suff, hat er auf diesem schmutzigen Spannteppich gelegen mit ausgespreizten Armen und behauptet: ICH FÜHLE DIE RUNDUNG DER ERDE, ICH FÜHLE DIE RUNDUNG DER ERDE, das war nach Mitternacht, als sie ins Hotel zurückkam und nicht zu melden brauchte, woher und warum so spät, er war froh, daß er es jemand melden konnte: ICH UMARME DIE ERDE! und seine Ekstase wurde geachtet; kein Wort des Tadels, weil er nicht im Bett lag, sondern auf dem Spannteppich; er wurde mit dem gelben Überwurf, der sich noch auf dem Bett befand, sorgsam zugedeckt, damit er auf dem Spannteppich neben dem Bett nicht fröre, ICH UMARME DIE ERDE, er war selig ... Jetzt klingelt das weiße Telefon; er zögert, nimmt aber den Hörer ab, um das Klingeln zu stoppen. Er redet nicht leiser als sonst, nur kürzer. Deutsch. Eine Abmachung für morgen. Nachdem er den Hörer aufgelegt hat, schaut er sie an: ihr blasser Hals, der sanft-entschiedene Ansatz des Kiefers, das Ohr; sie hat die Haare nach hinten gestrichen. Ihre Lippen sind inzwischen etwas geöffnet. Sie hat müde ausgesehen, als sie angekommen ist. Eine anstrengende Stadt, man weiß es. Einmal fährt ihre Hand durch das offene Haar, ohne daß der Kopf sich dabei bewegt; das sieht sonderbar aus: was gehört zur Person, die Hand oder der Kopf? Und dann liegt diese Hand wieder auf der Hose. Ihre Schenkel sind schmal. Er blickt auf seine Uhr. Die Zeit bleibt nicht stehen, nur ist es eine andere Zeit geworden. Er sitzt, ohne die Pfeife zu stopfen; er blickt auf Objekte: meine kleine Schreibmaschine, OLIVETTI LETTERA, die gelbe Lampe, eine Plastik-Schale, ihr grünes Feuerzeug, ihre Tasche neben dem Sessel auf dem Boden; einmal durchs offene Fenster: die Fassade gegenüber, BROWNSTONE, die

Wasser-Silos auf den Dächern schwarz gegen den gelben Himmel. Ein heller Abend. Er blickt auf ihre lebenden Füße. Zuvor hat sie die Schuhe abgestreift, um barfuß zu sein; das gehört offenbar dazu. Ihre Füße, ihre Hände, ihre Stirne, ihr Ohr. Alles reglos. Sie lebt aber, sie atmet. Ein lebender Körper. Es könnte für ihn noch lang so bleiben. Als sie dann die Augen aufmacht und nicht im mindesten irritiert erscheint, daß jemand im Zimmer ist, nur wortlos die beiden Schuhe anzieht, blickt er (ohne daß Lynn es bemerken kann) auf die Uhr: genau zwanzig Minuten, ziemlich genau. Wohin geht man essen? Sie will noch eine Zigarette rauchen. I AM HUNGRY, sagt sie, nimmt aber ihre Tasche nicht vom Boden. Dann muß Lynn noch ins Bad. Er wartet mit dem Zimmerschlüssel in der Hand. Er ist froh. Eine Einladung, eine interessante, hat er abgesagt, um wieder einmal allein zu sein, und er ist froh, daß Lynn ihn begleitet. Als sie aus dem Bad kommt, macht er sie auf ihre Tasche aufmerksam. I'LL TAKE IT LATER, sagt sie. Ihre Tasche bleibt im Hotelzimmer.

I LIRE YOUR SENSE OF HUMOR

In Gesellschaft (PEN CLUB) kann sie lachen, wie es sich gehört. HOW FUNNY, während sie die Leute gräßlich findet. Unter vier Augen lacht sie, wenn er's nicht erwartet hat. Ihr Lachen tönt ziemlich schrill. Man kann es nicht darauf anlegen, daß sie lacht. Sie kann ihr Lachen auch verweigern. Wenn sie lacht, so lacht eine Überraschte. Das verändert ihr Gesicht augenblicklich, und meistens hat er dann nicht das Gefühl, besonders witzig gewesen zu sein. Sie meint nicht Witze. Sie lacht nie lang, ihr Gesicht bleibt aber noch eine Weile geöffnet, ihr Blick.

YOU HAVE AN OPEN FACE

Es ist nie gesagt worden:

I LOVE YOU

(Über Liebe, als Beziehung zwischen den Geschlechtern, gebe es nichts Neues mehr zu berichten, das habe die Literatur dargestellt in allen Varianten ein für allemal, das sei für die Literatur, sofern sie diesen Namen verdient, kein Thema mehr – solche Verlautbarungen sind zu lesen; sie verkennen, daß das Verhältnis zwischen den Geschlechtern sich ändert, daß andere Liebesgeschichten stattfinden werden.)

WOMAN'S LIBERATION:

er sei mit Entschiedenheit dafür, sagt er, nichts sei dringlicher in unsrer Gesellschaft. Ob er je mit einer emanzipierten Frau zusammengelebt habe, die Frage stellt nicht Lynn, und er bedauert, daß er sich die Frage selber gestellt hat; jetzt möchte Lynn es wissen und er gießt Tee ein. Eine emanzipierte Frau? Sie essen mit chinesischen Stäbchen, manchmal gelingt es, dann wieder nicht, die beiden Stäbchen fassen den weißen leichten trockenen Reis, hingegen die Bambus-Schoten sind glitschig, und man verliert nicht bloß die Bambus-Schoten, sondern auch das Thema des Gesprächs …

DER GUTE GOTT VON MANHATTAN

Ich hatte zu tun beim Sender in Hamburg und ließ mir das Hörspiel vorführen, dann schrieb ich einen Brief an die junge

Dichterin, die ich persönlich nicht kannte: wie gut es sei, wie wichtig, daß die andere Seite, die Frau, sich ausdrückt. Sie hörte Lob genug und großes Lob, das wußte ich, trotzdem drängte es mich zu dem Brief. Ich wollte sagen: Wir brauchen die Darstellung des Mannes durch die Frau, die Selbstdarstellung der Frau. Ihre briefliche Antwort verblüffte mich: sie fahre nach Paris und komme über Zürich, doch habe sie nur vier oder fünf Tage Zeit. Was war damit gemeint? Sie kam dann nicht. Ich hatte weder ihre Adresse in München noch in Paris; ich hatte über den Verlag geschrieben. Als ich später in Paris war, erfuhr sie es durch die Zeitung und fand heraus, wo ich wohnte, HOTEL DU LOUVRE. Sie kam, um sich die Aufführung meines Stückes anzuschauen, THEATRE DES NATIONS, gekleidet für eine Loge. Ich war beglückt, als wir im Café vor dem Theater einen Pernod tranken, und sagte: DAS BRAUCHEN SIE SICH NICHT ANZUSCHAUEN. Sie überhörte es, beschäftigt mit ihrer Tasche und verwirrt, weil sie irgendetwas nicht finden konnte. Ich hatte keine Loge, aber zwei Karten auf dem Balkon. Warum sagte ich das? Ich wurde von den Schauspielern erwartet, eine Premiere in Paris, meine erste, ich fand die Aufführung sehr gut, mein Stück nicht schlecht, aber als es Zeit wurde, sagte ich ein zweites Mal: INGEBORG BACHMANN, DAS BRAUCHEN SIE SICH WIRKLICH NICHT ANZUSCHAUEN. Statt ins Theater gingen wir zu unserem ersten Abendessen. Ich wußte nichts von ihrem Leben, nicht einmal Gerüchte um sie. LEBEN SIE MIT EINEM KIND? fragte ich als erstes, und sie war erfreut, verwundert, selig, daß jemand so gar nichts von ihr wußte.

Gestern auf der Fahrt hierher haben sie wenig geredet, Lynn am Steuer, während er sich mit der Landkarte beschäftigt: YOU HAVE TO NAVIGATE, ihr Ausdruck belustigt ihn. Das Wochenende davor wäre sonnig gewesen. Jetzt beginnt es zu regnen. Lynn ist es gelungen, das Office schon um drei Uhr zu verlassen. Draußen am Atlantik, so sagen sie sich gegenseitig, kann das Wetter ganz anders sein. Das Wetter ist wichtig. Wenn es nicht regnet, so könnte man spazieren, und die Übernachtung erscheint nicht als Ziel. SUNRISE HIGHWAY, fortan ist keine Verirrung mehr möglich; also könnte man jetzt reden, etwas erzählen. Oft kommt er zu spät; Lynn hat ihr Feuerzeug schon in der Hand. Einmal ihre Frage: DO YOU SNORE? Die Fahrbahn jetzt trocken; hier hat es gar nicht geregnet. Das erleichtert beide, aber es bringt sie nicht zum Reden. Rücktritt von Bundeskanzler Brandt: hier kein Thema, das über mehrere Meilen reicht ... Vor einigen Tagen konnte ich es nach Mitternacht nicht lassen, Christa Wolf anzurufen in Oberlin, Ohio: Was denkt sich eure Regierung, nein, ich weiß, Christa, Sie können nichts dafür, Christa, ich weiß, Christa, entschuldigen Sie ... Links und rechts ist Heide, öde, da und dort Gebäude, eine Anthologie scheußlicher Nicht-Architektur. Er ist froh, daß noch etliche Meilen zu fahren sind. Was täte man hier. Er finde Lynn eine gute Fahrerin. Ob er immer als Beifahrer so artig sei? Einmal dreht sie den Kopf (die leere gerade Straße erlaubt es) und schaut ihn an: I DO NOT KNOW YOU AT ALL, sagt sie und fragt, welche Art von Lastern er habe, der Fremde neben ihr. ARE YOU A SADIST? Kurz darauf zum ersten Mal ein Schild: MONTAUK. Im Augenblick ist er ziemlich sicher, daß dieser

Ausflug nur mißlingen kann, und er wäre lieber in New York. Er hat die Landkarte besorgt, Lynn alles andere: NATIONAL CAR RENTAL, GURNEY'S INN, Reservation mit telegrafischer Anzahlung. Ihre Bitte, nicht daneben stehen zu müssen, während er sie im Hotel einschreibt unter seinem Namen, läßt sich erfüllen. Es erinnert ihn an frühere Zeiten. Lynn kämmt sich unterdessen im Wagen. Sie kennt das offenbar und mag es auch nicht. Als ein Bursche die beiden kleinen Koffer aus dem Wagen nimmt, bleibt sie stumm. Sein Englisch, ihr Englisch, das geht nicht auf denselben Namen. OKAY, sagt er im Zimmer, ohne sich umzusehen, und gibt dem Burschen, der noch das Badezimmer zeigen will, sogleich das Trinkgeld. Lynn bleibt stumm, bis der Bursche weg ist. WELL, sagt sie und legt ihre Zotteljacke nicht ab. Beide sind befangener als in ihrer Wohnung. Er hantiert an der Lamellen-Jalousie. Zimmer mit Loggia und Blick auf die nahe Brandung. Zwei Betten, getrennt durch ein Tischchen mit Lampe. Sie treten sofort auf die Loggia hinaus. Weit draußen auf dem Atlantik sogar ein Glimmer von Sonne. Lynn schlägt einen Spaziergang vor, und er ist gerne einverstanden; vorher möchte sie die Hände waschen.

Ein Pingpong-Tisch ist auch da.

Lynn kennt das hölzerne Hotel von einem Betriebsausflug her; ein Hotel in den Dünen. Das ist im Sommer gewesen. Dann wimmelt es hier von Leuten, wenn man baden kann. Jetzt ist es noch zu kalt, aber man wird spazieren können, falls es morgen nicht regnet –

Weiß er, wovon sie im Augenblick reden?

Lynn wird sein Laster nicht kennenlernen. Dazu fehlt die Zeit. Es braucht eine Ehe, eine lange, damit es zum Vorschein kommt ... Ich habe nicht eine Magd aus ihr gemacht (gelegentlich auch das Geschirr gespült, die Mülleimer hinunter getragen, Lebensmittelkäufe erledigt etc.) und ich habe die Frau, die ich liebe, nie geschlagen; ihre Klage ist eine andere und sie trifft mich wirklich. Ich habe ein Jahr gebraucht, um es einzusehen. Zuerst finde ich es grotesk, ihr Fazit: daß ich in zehn Jahren nichts zu ihrer Selbstverwirklichung beigetragen habe. Sie spricht in aller Ruhe. Ich habe sie auf Händen getragen: die bequemste Art, umzugehen mit einer Frau, und die schlimmste Art. Das sehe ich ein. Ihr Vorwurf trifft mich anders, als sie ihn meint. Offenbar habe ich mich von Anfang an verhalten, als sei ich Gottvater oder mindestens Adam, das Weib aus seiner Rippe gemacht: KOMM, FOLGE MIR, ICH LEITE DICH! Die Frau ist nicht undankbar, sondern verzweifelt. Was ich für unsere schönen Jahre gehalten habe, plötzlich erscheinen sie als verlorene Jahre. Mein Laster: MALE CHAUVINISM. Nur mein Verhalten von Anfang an und von Tag zu Tag hat eine kluge Frau verleiten können zu der Meinung, ihre Selbstverwirklichung sei Sache des Mannes, der Männer.

MEINE FEHLER WIRD MAN HIER FINDEN

Ein meilenlanger Strand, ein Ende des Strandes nicht zu sehen, er verliert sich nach beiden Seiten im milchigen Lila-Licht der Verdampfung. Trotz Wind ist es fast heiß. Zwei Liegesessel mit verblichenen Kissen stehen im Sand, keine andern weit und breit; wem gehören sie? Kein Mensch weit und breit. Sie benutzen die beiden Sessel, so wie sie dastehen: ungefähr parallel, Abstand etwas mehr als eine Armlänge. Vorher haben sie ihre Hosen heraufgekrempelt, als sie ins Wasser gestapft sind. Man könnte es eine Weile schon aushalten. Die brechenden Wellen würden den Körper peitschen. Man hat aber kein Schwimmzeug, und so liegen sie jetzt in den beiden Sesseln, Abstand etwas mehr als eine Armlänge, Blick hinaus auf den dunklen Atlantik und auf zwei Paar bloße Füße; der Sand haftet schon nicht mehr an der Haut, der Wind nimmt ihn weg ... Gestern auf der Fahrt hierher, als man den endlosen Friedhof bei Queens sieht, ihre Frage: DO YOU WANT TO GET BURIED OR CREMATED? Man ist der gleichen Ansicht, ganz entschieden ... Die Küste ist anders als in der Bretagne vor einem Jahr, die Brandung wie überall. Jetzt ein paar weiße Wolken; sie spiegeln sich in den blauen Lachen der Brandung, dann versickert wieder die Nässe, der Sand wird grau, bis eine nächste Schaumzunge kommt, und wieder Glanz für eine Weile.

Ein langer leichter Nachmittag.

HERMES GEHT VORBEI

Titel einer Oper, die ich einmal habe schreiben wollen: ein Paar, das sich ins Museum geflüchtet hat, und dann eine Gruppe mit Führer, der die Statue kennerhaft erläutert, und niemand bemerkt, daß die Statue gar nicht mehr da ist; Hermes ist vom Sockel gestiegen, um das Paar zu führen – Komödie mit viel Irrungen ... Morgen ist schon Sonntag, abends muß Lynn in der Stadt sein, Montag im Office, Dienstag fliegt er nach Europa.

HI, sagt sie, WHAT ARE YOU THINKING ABOUT?

Was er verschweigt: wie ich im Pyjama nachts durch Friedenau gehe; keine Zeugen auf der Straße, nur Bogenlampen im Regen, der Regen sichtbar unter Bogenlampen, einmal ein Auto, das aber nicht stoppt, ich gehe auf dem Bürgersteig im Pyjama barfuß, es ist aber kalt, Februar in Berlin, das nasse Pflaster, dann der platschnasse Pyjama, ich komme nicht weit, denn ich schlottere bloß statt mich zu schämen …

Einmal ist er aufgestanden und zur Brandung gegangen, hat seine Hosen weiter heraufgekrempelt, so weit es nur geht, und genießt es, im Wasser zu stehen. Alle Kleider abzulegen und in die Brandung zu laufen, wie er grad Lust hätte, wagt er nicht; dazu ist sein Körper nicht schön genug. Er findet ein Holz und schleudert es hinaus, weit hinaus. Er ist froh, wenn er nicht weiß, woran er denkt, und wenn ihn der Gischt, das seichte Wasser mit Schaum, der Sand an niemand erinnern. Er möchte bloß Gegenwart. Das Holz, inzwischen wieder auf den Sand geschwemmt, greift er ein zweites Mal und schleudert es ein zweites Mal weit hinaus. Er möchte bloß sehen. Draußen ein kleines Boot der Küstenwache. Es ist erst drei Uhr; viel Zeit. Das Wasser, wenn es um die Waden strömt, ist kalt, und einmal verliert er beinahe den Stand. Das Holz, inzwischen wieder auf den Sand geschwemmt, läßt er liegen. Die kleinen Rinnsale im Sand, da und dort eine Muschel. Er fühlt sich wohl. Als er zu den beiden Sesseln zurückkommt, zeigt er eine Muschel, eine wie tausend andere. Lynn liegt in ihrem Sessel; ihr Körper, den er kennt, in Kleidern. Er hat das Bedürfnis zu stehen.

Lynn wird seine Hysterie nicht kennenlernen.

Eines Abends in Berlin, als ich sie nicht überzeuge (was in den letzten Jahren eigentlich die Regel ist) und als ich's nicht ertrage, daß man mir jedes Mal sofort ins Wort fällt, und als ich merke, daß ich mich selbst nicht überzeuge, gehe ich in die Küche und hole den Mülleimer, setze mich wieder an den Tisch, stelle den Mülleimer auf meinen Kopf und sage: Redet weiter! – bitte.

Sie liegt im Sessel, sie hat sich ihr Gesicht gesalbt, auch den Hals, dann hat sie ihre dunkle Brille wieder aufgesetzt, I AM SLEEPY, sagt sie, da er nicht sagt, was er denkt. Natürlich schläft sie nicht. Es ist hier zu grell. Er hat die Pfeife ausgeklopft, er denkt: kratze die Pfeife aus, klopfe nochmals und blase nochmals (vielleicht ist Sand drin) und dann, statt zu reden mit der Pfeife in der Hand, stecke sie leer zwischen die Zähne, die Pfeife, bis der Tabak gefunden ist, dann stopfe die Pfeife mit dem rechten Daumen und mit Bedacht, der Augenblicke ausfüllt, Augenblicke ohne Gedächtnis, und wenn es so weit ist, stecke die gestopfte Pfeife in den Mund, so daß es zwar nicht unmöglich wäre zu reden, jedoch nicht höflich, schau auf das Meer, während du jetzt ein Streichholz anzündest, dann ein zweites und drittes, es ist windig am Meer, und ziehe mit Bedacht den ersten Zug, einen kurzen, dann einen zweiten, einen langen, bis du da bist ganz und gar. Im Augenblick gibt es nur sie beide in den beiden Sesseln, die sie nicht verstellt haben, da sie nicht ihnen gehören. Einmal ein streunender Hund. Lynn liest: Arbeit fürs Office, da sie gestern vor drei Uhr gegangen ist, und ab und zu liest sie auch nicht, im Augenblick kämmt sie ihr langes Haar gegen den Wind, ein hoffnungsloses Unterfangen, schön anzusehen. Einmal ein rotes Sportflugzeug, das im Tiefflug, als wolle es gerade landen, die ganze leere Küste entlang fliegt, dann verschwindet ... Er berichtet jetzt von Mykonos, der griechischen Insel mit den weißen Häusern und weißen Windmühlen. Wie das kleine Motorboot, das uns nach Delos bringt, in den Wellen hopst und wie das Wasser hereinschwappt, das berichtet er. Aber wen bringt es nach Delos? Kein Wort von der Frau, die heute ziemlich allein lebt. Kein Wort von sechs Jahren ohne Zerwürfnis, ohne Eifersucht, ohne Zermürbung; man wohnte nicht zusammen – Mykonos, nein, dahin wird Lynn in diesem Sommer nicht gelangen ... Einmal berichtet er von Rom, der Stadt, und was er in Rom gesehen und gehört hat in fünf Jahren. Rom muß schön sein, das weiß Lynn. Er berichtet nicht von der schrecklichsten aller Todesarten.

Jetzt möchte Lynn einen Lauf machen.

Er bleibt hier.

Gegenwart bis Dienstag.

Ihr nackter Körper ist mädchenhafter als ihr Gesicht. Wenn sie weiß, daß zum ersten Mal ihre Brüste gesehen werden, schließt sie die Augen und sagt: THEY ARE VERY SMALL. Das ist der Abend, als sie noch ihre Tasche im Hotel hat holen müssen. WE CAN'T MAKE LOVE, sagt sie, NOT TONIGHT. Ein sachlicher Grund. Wie sie zum ersten Mal ihr Bett aufdeckt, nachdem sie das Sofa ausgezogen hat: Erfahrung mit Männern, vermutlich nicht mit vielen. Wenn sie ihr Kleid abstreift, die Wäsche: ohne Hast. Sie zeigt, daß sie nicht die Verführte ist. Sie löst die Spangen aus ihrem Haar, sitzt, als sei sie allein, als gehe sie schlafen wie sonst; sie kennt sich als Nackte. Sie schweigt aber, während sie ihr Haar auskämmt; dann schüttelt sie ihr offenes Haar umher, wie sie es vermutlich immer tut. Ein Vorhang ist nicht zu ziehen, nicht nötig in dieser vergitterten Zweifensterwohnung mit Blick auf eine nahe Mauer. Wie ist es mit dem Licht? Übrigens schaut sie nicht nach dem fremden Mann, der nicht weiß, wo das Licht in der Kitchenette auszuknipsen ist; sie sagt es ihm. Er hofft in keine Rolle zu verfallen, nachdem das Gespäch bereits redlich gewesen ist. Ihr Körper ist deutlich zu erkennen, es ist ziemlich hell, Licht über der Stadt, ihr Gesicht ist deutlich zu erkennen, aber ein anderes Gesicht. Wieder fehlt ihm ein englisches Wort. YOUR ENGLISH IS EXCELLENT, sie meint damit: mehr gäbe es auch in seiner eignen Sprache nicht zu sagen, während die Körper aufeinander warten. JUST RELAX, sagt sie. Jedes erste Mal mit einer Frau ist wieder das erste Mal; die Verwunderung ohne Erinnerung. Nachher bleibt sie nackt, Lynn in der Kitchenette, während er, der gekleidete Gast, am Tisch sitzt und redet, jetzt froh um die Fremdsprache, die ihm das Gefühl gibt, er sage alles zum ersten Mal. Sie essen Erdbeeren dazu. Er hat nicht gemeint, Lynn zu kennen nach diesen Tagen und Abenden: Lynn als Undine und ein wenig Nurse. Jetzt kommt es ihm vor, Hermes habe sie vertauscht; es ist eine andere mit dem gleichen Haar, nur noch Undine, obschon sie jetzt berichtet von ihrer puritanischen Erziehung. Leider ist es Montag; sie muß ein paar Stunden schlafen. Das Geschirr muß am Abend gespült werden. Er hilft; er kann nicht am Tisch sitzen und sehen, wie die Nackte hantiert. Sie findet es nicht selbstverständlich, daß er das Gespülte trocknet. Die Kitchenette ist eng, wenn zwei Personen einander nicht berühren sollen; es geht aber. Nur redet er nichts mehr.

Wohin mit den Gläsern? Wohin mit dem Messer? Das will sie nicht sagen, sie bedankt sich mit Küssen; es käme ihr zu familiär vor, wenn er wüßte, wo alles hingehört.

Ein langer leichter Nachmittag:

ihre Schuhe im Sand, Lynn läuft noch immer und weitweg, im Augenblick ist die Gestalt kaum zu erkennen, da dort, wo sie jetzt läuft, das Meer unter der Sonne glitzert und blendet. Sie läuft herwärts, scheint es. Später wird sie deutlich: sie läuft in Bögen, wie Slalom, vermutlich läuft sie um die einzelnen Schaumzungen der Brandung, einmal schwingt sie ihre Arme dazu. Aus Lust.

DEJA VU:

22. 9. 1962 am Mittelmeer. Wie Du Dein Haar getragen hast: hinaufgekämmt das ganze Haar, die Ohren frei, der Hals mädchenhaft und bloß, und wenn Du die Spange herausgenommen hast, so viel offenes Haar, schwarzes.

Er bleibt sitzen.

Unterwegs auf der Straße tagsüber im Gedränge oder in einem Lift, wo man Personen aus der Nähe sieht, kommt es vor, daß er es nicht lassen kann: Lynn zu vergleichen mit andern Personen weiblichen Geschlechts, ihr Haar zu vergleichen mit anderem Haar, seine plötzlich so vage Erinnerung an ihr Gesicht zu vergleichen mit andern Gesichtern. Als habe er die Wahl des Paris! Er schaut nicht zudringlich, nur genau: Haaransatz hinter dem Ohr, Kinn, Hals, Lippen, die

Nase, die ganze Gestalt, ihre Art zu gehen. Er schaut, um zu prüfen, ob seine Zärtlichkeit sich wirklich auf Lynn bezieht ... Oder belüge ich uns? ...

Er bleibt sitzen und schaut irgendwohin. Ein Taschenbuch, das er zur Hand hat, öffnet er nicht. Das Poltern und Zischen der Brandung würde nicht stören, wenn man liest; auch nicht das kleine Sportflugzeug, das jetzt dem langen leeren Strand entlang zurückfliegt; auch nicht ein Hund. Man kann aus einem Buch auch aufblicken und sich sagen: Nachmittag am Atlantik, es ist jetzt genau 4.35 P. M. Literatur hebt den Augenblick auf, dazu gibt es sie. Die Literatur hat die andere Zeit, ferner ein Thema, das alle angeht oder viele – was man von ihren zwei Schuhen im Sand nicht sagen kann ...

AUF DER WELT SEIN: IM LICHT SEIN. IRGENDWO (WIE DER ALTE NEULICH IN KORINTH) ESEL TREIBEN, UNSER BERUF! – ABER VOR ALLEM: STANDHALTEN DEM LICHT, DER FREUDE IM WISSEN, DASS ICH ERLÖSCHE IM LICHT ÜBER GINSTER, ASPHALT UND MEER, STANDHALTEN DER ZEIT, BEZIEHUNGSWEISE EWIGKEIT IM AUGENBLICK. EWIG SEIN: GEWESEN SEIN.

Leben im Zitat.

Wenn die Haut empfindet, wie der Sand trocknet auf der Haut, wie die Sonne, wie der Wind, wie das ist für die Haut und das Hirn ... Er vergißt nicht seine Rolle, nicht die nächsten Verpflichtungen, die sich ergeben aus dieser Rolle; Termine, er vergißt nicht einmal die Weltlage. Es ist allerlei, was er nicht vergißt in dieser dünnen Gegenwart.

MONTE ALBAN:

ein weites und kahles und gegen Abend violettes Hochtal in Mexico, mitten in diesem Tal ein Berg, ein natürlicher Thron; oben die Akropolis der Zapoteken, eine weite und umfängliche Tempelstätte in strenger Geometrie, ein Platz mit einer hohen Mauer für das heilige Ballspiel: der Sieger muß sterben, denn die Götter haben im Ballspiel offenbart, wen sie auszeichnen, und so wird er, der Sieger, den Göttern geopfert. So wenigstens lehrt es ein kleines Buch, das ich zur Hand habe. Es erschreckt, es überzeugt; anderes begeistert, ohne zu erschrecken: daß die Maya (wenn's stimmt, was im Buch steht) von Zeit zu Zeit ihr ganzes Geschirr zertrümmert haben, um es herzustellen von Neuem, ihr Geschirr für den Alltag; daß sie ihre Tempelstätten haben verlassen müssen auf Gebot der Priester, um weiterzuziehen und im Dschungel (YUCATAN, GUATEMALA) sich zu erneuern, und sie haben die alten Tempelstätten nicht einmal zerstören müssen, um anderswo zu beginnen; sie haben sie dem Dschungel überlassen (PALENQUE) und der natürlichen Verwitterung ... Vielleicht stimmt es auch nicht, was mich begeistert ... MONTE ALBAN: hier auf einem Gemäuer sitzt Marianne, Jahrgang 1939, stud. phil., erschreckt von meiner Bitte; ich traue mir den Mut zu, Einsicht zu haben, wenn ich zu alt geworden bin für sie. Zwei Jahre? Drei Jahre? Sie zögert weislich. Sie kommt nach Rom und zögert einen Sommer lang. Später ein ländliches Haus, gemeinsam eine kleine Wohnung in Zürich, dann eine andere, eine große, Reisen zusammen, es werden neun Jahre, länger als sie je gedacht haben.

ICH HABE NICHT MIT DIR GELEBT ALS LITERARISCHES MATERIAL, ICH VERBIETE ES, DASS DU ÜBER MICH SCHREIBST.

Wenn er sieht, wie sie jetzt durch den Sand stapft, dort wo der Sand trocken und locker ist, langsamer also und mühsam, etwas erschöpft vom langen Lauf und mit schlenkernden Armen, da die Beine nicht mehr schlenkern können, und wie sie manchmal im Stapfen vornüber knickt, wenn ein Fuß einsinkt, dann wieder das rote Haar über diese oder die andere Schulter zurückwirft, so sieht er sie mit Wohlgefallen. Sie weiß es vermutlich; sie schaut jetzt irgendwohin. Wenn sie im Sessel nebenan liegt, so denkt er anderswohin. Wenn sie die hölzerne Treppe zum hölzernen Hotel hinaufgeht, schaut er ihr nicht nach; er kann es sich vorstellen, wie sie die Arme bewegt, Grazie nicht ohne Komik. Er kann sie auch vergessen, zum Beispiel wenn er mit Leuten ist. Er sieht sie mit Wohlgefallen, wenn sie speist; dieser ungeile Appetit der Hageren. Wenn sie nicht da ist, kann er sich an ihr Lachen nur ungenau erinnern; ihr nächstes Lachen hört er mit Wohlgefallen. In der Stadt, wenn sie ihn noch nicht erkannt hat und die Straße überquert, Lynn als Passantin unter vielen andern: die Art, wie sie ihre dünnen Arme bewegt, wie sie zögert und sich im Gedränge durchsetzt, wie sie den Kopf bewegt. Er ist nicht verliebt. Er freut sich. Wenn sie die hölzerne Treppe herunter kommt von dem hölzernen Hotel, denkt er nicht an die Nacht; er sieht ihr Hüpfen auf der Treppe, dann beinahe Stolpern (wenn es nicht das hölzerne Geländer gäbe, wo sie sich grad noch halten kann) mit Wohlgefallen.

Ein langer leichter Nachmittag.

Langsam müßte er's wissen: Lynn ist in Florida geboren, nicht in Kalifornien. College in Kalifornien. Die kurze Ehe hat stattgefunden in Sidney – sie wirft Sand, wenn er eine Frage gestellt hat, die er kein zweites Mal hätte stellen dürfen. Wo ihr geschiedener Mann heute lebt, weiß Lynn nicht. Sie wirft immer noch Sand; nicht gegen ihn, sondern einfach so. Ihre Zukunft? Sie wird noch einmal heiraten, meint Lynn, jedoch vorsichtig – und ein Kind vielleicht, eines ... Sie erzählt nicht viel, er ja auch nicht, sie reden:

DO YOU BELIEVE

WHAT DO YOU THINK

zum Beispiel über Richard Nixon. Er müsse vor Gericht gestellt werden, meint Lynn. Es ist windig, und vielleicht liegt es daran, daß sie nie lang bei einem Thema bleiben; der Wind hat ihre beiden Schuhe mit Sand gefüllt. Ich weiß nicht, wie er auf Baudelaire kommt, FLEURS DU MAL, Lynn kennt sie nicht. Um ihre Frage zu beantworten: Ich habe nie Gedichte veröffentlicht. Sie bleiben bei öffentlichen Themen. Drogen? Auch Lynn hat da keine große Erfahrung. Sein Englisch ist bescheiden; ich weiß natürlich, was er jeweils sagen möchte. Kommt es vor, daß er nicht übersetzt, sondern in Englisch aussagt, was man so nicht sagen könnte in Schriftdeutsch oder Mundart, überrascht es mich, was und wie er denkt. Das genieße ich; dann ertappt ihn die Fremdsprache bei seiner wirklichen Meinung. Plötzlich lacht er, worüber er sonst nicht lacht. Lynn findet ihn nicht langweilig, so scheint es.

Zum Beispiel sagt er, daß ich in meinem Leben nie in einem Bordell gewesen bin; er fügt hinzu: Deshalb bin ich auch kein politischer Mensch, weil ich alles verinnerliche. Da fehlt ihm allerdings die Vokabel. Verinnerlichen? Das muß er umschreiben, und Lynn sieht den Zusammenhang nicht, aber mich überzeugt er. SEXUALITY, SO wie Lynn das ausspricht, ist hier ein öffentliches Thema. Ihre Ansichten dazu; ich wundere mich über seine. Als der Sohn fünfundfünfzig war, sagte seine Mutter nicht ohne Strenge: Du solltest nicht immer über Frauen schreiben, denn du verstehst sie nicht. Das erwähnt er nicht. Lynn kennt die Schweiz nicht. Das erspart ihm Reden, die mich langweilen. Was hält er von Psychiatern? Man kann nicht sagen, er habe C. G. Jung persönlich gekannt; er ist nur in seinen Vorlesungen gewesen. Das muß, wie Lynn sich ausrechnen kann, ziemlich lang her sein. Eigentlich hätte er davon nicht reden sollen. Im College ist Lynn eine preisgekrönte Speerwerferin gewesen, in Sidney ist sie geritten. Seine feste Überzeugung, daß Allende in Chile mit amerikanischer Hilfe gestürzt worden ist, kann er behaupten, nicht beweisen. Kommunismus und Kapitalismus; sein langwieriger Versuch zu erklären, was der Unterschied ist zwischen Sowjetunion und Sozialismus –

Etc.

Vielleicht weil es zwischen Lynn und ihm nur die englische Sprache gibt, so daß er das eine und andere, was er sonst aussprechen würde, aus Faulheit nicht ausspricht, fällt ihm in ihrer Gegenwart mancherlei ein, was ihm sonst, wenn er's aussprechen könnte, gar nicht einfällt; es ist ein Unterschied, ob man in einer Fremdsprache oder in der eigenen Sprache schweigt: schweigend in der Fremdsprache verdränge ich weniger, das Gedächtnis wird durchlässiger ... Zwei Mal bin ich bei einer Geburt dabei gewesen; meine Frau hat es gewünscht. Darüber habe ich nie geschrieben. Meine Frau hat gewünscht, daß nicht darüber geschrieben werde. Auch habe ich nie davon gesprochen, glaube ich. Ich sehe es nur. Es ist lang her.

Was er alles nicht beschrieben hat:

Vier Abtreibungen bei drei Frauen, die ich geliebt habe. Drei Mal ohne Zweifel, daß es richtig ist. Nie ohne Schrecken. Die Rolle des Mannes dabei, der dann den Arzt bezahlt. Ein Mal: weil ich verheiratet bin, und sie möchte meinen Freund heiraten. Ein Mal mit einem andern Grund: es ist zu spät in unsrer Geschichte. Wir sind Freunde geblieben. Ein Mal ist es ein Irrtum gewesen; eine Schuld, so denke ich später, meine Schuld. Ich habe nicht den Mut, das Kind zu verlangen; ich sehe sie so ohne Zögern (wenn auch voller Angst natürlich) und ich bin betroffen. Ich frage nur nochmals: Du willst es wirklich nicht? Sie weiß, daß ich bei ihr bleiben möchte. Als jüngerer Mann habe ich mir Kinder nicht eigentlich gewünscht; die schlichte Nachricht, daß ein Kind gezeugt worden ist, hat mich gefreut: der Frau zuliebe. Später wird es anders, aber ich bin nicht deutlich genug mit meinem Wunsch, ich wage es nicht, da ich die Geliebte so ohne Zögern sehe. Dann stehe ich in einer nächtlichen Straße, nachdem ich noch einmal gefragt habe, und warte in Erbarmen. Alles andere, so meinte ich, wäre Erpressung. Auch das ist lang her. Die Epressung wäre richtiger gewesen (in diesem Fall). Ein Mal rät der Arzt dazu und gegen unseren Wunsch.

sagt Lynn, da er behauptet, Wolken dieser Art bedeuten gar nichts und morgen (Sonntag) werde wieder ein blauer Tag sein. Sie liegen in den beiden Sesseln, die sie nicht verschoben haben, Abstand etwas mehr als eine Armlänge. Wer hat sie hierher gestellt, zwei Sessel irgendwo auf einem meilenlang-leeren Strand? Das kann nur einer getan haben: HERMES. Er ist froh, daß Lynn da ist. Es wäre sehr leer ohne die junge Fremde, das Meer und das Gelände mit Dünen und Wind. Er könnte nicht lange hier sitzen, er müßte gehen. Ohne Ziel. Es wäre Sand wie auf Sylt (1949) und Meeresbläue wie bei Sperlonga (1962) und Erinnerung. Auch wenn er Lynn nicht anschaut: sie macht die Gegenwart, ihr Körper im andern Sessel. Sie weiß nicht, was er denkt; er weiß nicht, was sie denkt. Kein Bedürfnis, ihren Körper zu berühren. Lieber möchte er ihn zeichnen können. (Ich kann ein wenig zeichnen, aber ich habe es lang nicht mehr getan. Es stört mich, daß es dann immer ein Plagiat wird, ein schwaches; indem ich es zeichne, verliere ich, was ich sehe.) Sie hat ihren Kopf zurückgelegt, das Gesicht nach der andern Seite hinüber, ihre Bluse etwas geöffnet, ihre beiden Hände in den Hosenschoß gelegt, die Knie hochgezogen; die Haut ihrer Füße und Waden ist bleich. Sie gibt sich der Sonne. Er sitzt aufrecht, seine Füße im Sand, meistens schaut er auf das nachmittägliche Meer. Ein dumpfes Poltern auf dem Grund, dazwischen hört man es zischen. Sie schläft nicht. Zu viel Wind. Sie hat ihren Kopf aufgerichtet und schaut irgendwohin. Als sie bemerkt, daß er sie anschaut, lacht sie.

wenn ich zufällig, in einem Konzert-Foyer zum Beispiel, die Mutter meiner Kinder sehe: ihr Gesicht, scheu mit einem Zug von Harm, der schon immer gewesen ist, ein gutes Gesicht, in den späten Jahren sogar offener, aber für immer ein Gesicht voll betroffener Unschuld – bin ich betroffen; ich sehe sie mit Hochachtung und verwundert, daß ich der Vater ihrer drei Kinder geworden bin.

DENN DU VERSTEHST SIE NICHT

die Mutter, 88, in Rom – sie will noch alles sehen, nämlich sie ist zum ersten Mal in Rom, sie ist unermüdlich. Sie schreibt sich alles auf, was sie von Tag zu Tag gesehen hat; das Heft endet mit dem Satz: ROM, ES WAR EINE GOTTVOLLE ZEIT! in altertümlicher Kalligraphie. Drei Jahre später, in einem städtischen Altersheim, will sie sterben; sie will; sie ist unwirsch, daß die Ärze mit solchen Spritzen kommen. Im Zimmer liegen noch drei andere Frauen, die manchmal, wenn man eintritt, wie Sterbende aussehen: mit offenem Mund. Ohne Röcheln. Ohne jede Regung überhaupt. Manchmal ist sie wirr (weil ich grad aus Odessa komme, wo sie als junges Mädchen, 1901, Kapern pflückt) und dann wieder klar: Ich sterbe jetzt, sagt sie, ich danke euch. Es dauert aber noch ein halbes Jahr. Der Arzt, dem ich ihren Willen gesagt habe, erklärt es mir, warum es ohne Spritzen qualvoll wäre; ein Erstickungstod. Eines Tages, als ich sie wieder besuche, führt man mich ins Sterbezimmer. Drei Tage und Nächte lang lösen wir uns ab, mein Bruder und meine Schwester, die nicht ihr Kind ist, und ich. Ab und zu kann man mit ihr sprechen.

Ihre Sorge: ob jemand darauf achte, daß meine Jacken in Ordnung sind. Ferner beschäftigt es sie, daß wir mit diesen Besuchen viel Zeit verlieren. Ich bin noch nie dabei gewesen, wenn ein Mensch stirbt. Zuweilen sieht es aus, als sei sie tot. Wenn man sie anredet, so wundert sie sich, daß wir noch immer da sind. Ein Pfarrer steht zur Verfügung. Ich weiß, wie sie sich geärgert hat über seine Ansprache zu Weihnachten; er soll gesagt haben: So hoffen wir denn, daß wir alle auch die nächsten Weihnachten zusammen verbringen können. Da es heißt, daß die Leute in ihren letzten Stunden oft anders denken, frage ich sie, ob sie den Pfarrer sehen möchte. Sie ist wach, sie hat die Frage verstanden, sie überlegt, und dann sagt sie: Wozu? Ein Mal, als ich mich wieder verabschiede, sage ich: Du bist eine schöne Frau. Sie findet diese Erklärung nicht unangemessen; sie fragt, warum wir denn nicht eine Fotografie machen. Eine Veränderung ihres Zustandes sieht auch der Arzt nicht, und einmal lasse ich meinen Abendbesuch aus; im Zunfthaus zur Meise (Zürich) liest ein Kollege aus seinem neuen Roman, ich habe die freundliche Einführung zu sprechen. Kein schwieriger Auftritt, aber ich zittere vor Lampenfieber, und die Nacht endet in einem kollegialen Besäufnis; am andern Morgen, als ich das Telegramm lese, erlaubt es mein Zustand nicht, mich einer Toten zu zeigen …

HAPPY

das ist genau das Wort:

FUN

zu sehen, was grad da ist:

Ich habe nie einen ernsthaften Versuch unternommen, meinem Leben ein Ende zu machen; auch keinen unernsthaften. Ich habe nur oft, in jedem Lebensalter, dran gedacht. Wie ein Experte sehe ich da und dort die praktischen Möglichkeiten. Ich sehe einen Balken, der sich eignen würde. In einem Hochhaus kommt fast jedermann auf den Gedanken; hier wäre es ein einfaches und sicheres Unternehmen. Ich habe keinen Revolver im Haus, da ich nicht immer ein besonnener Mensch bin, und Freitod hätte ein besonnener Akt zu sein. Ich habe eine Bergstraße daraufhin besichtigt und kenne mindestens drei Stellen, wo kein Geländer ist, das wider Erwarten vielleicht standhielte, und wo es, vor allem bei Nebel, wie ein Unfall aussehen könnte. Die Bereitschaft dazu ist nicht selten, eine nüchterne Bereitschaft ohne vermeintlichen Anlaß.

LYNN:

sie hat von ihrer Arbeit erzählt, Lohnarbeit, er hat zugehört, nein, durchaus nicht zerstreut; wenn er etwas nicht versteht, so fragt er meistens. Er versteht sie leichter, wenn er auf ihren Mund schaut. Sie hat ein Buch über Delphine gelesen; Lynn weiß über Delphine mehr als er. Dann wieder kommt es vor, daß sie plötzlich nicht wissen, was reden – dieses Beisammensein tagsüber: nicht langweilig, nur sehe ich dann beide von außen: sie werden einander nicht kennenlernen … Es ist immer noch die Küste, die Brandung vielleicht etwas näher als vor zwei Stunden, weder stärker noch schwächer. Die Sonne steht noch immer hoch am Horizont. Es ist jetzt angenehm, weniger heiß. Das Meer jenseits des weißen Gischtes auf den Wogen, die erst kurz vor dem Strand in sich zusammenbrechen, erscheint jetzt wie Tinte blauschwarz. Das stetige Geräusch der Brandung. Die beiden Hände unter dem Nacken gefaltet, um den Kopf etwas zu heben, um den scharfen Horizont zu sehen, schweigt er nicht; er verschweigt nur, was ihn betrifft. Keine Tragödie. Alles verständlich, sogar selbstverständlich. Und richtig. Und er hat es vorausgesehen; jedermann hat es vorausgesehen. Es bleibt noch, daß er es jetzt annimmt. Ohne Beschwerde. Und das kann man, die Hände unter dem Nacken gefaltet, um den Kopf etwas zu heben –

An wen denkt Lynn?

Neulich hat sie ihre Kette vermißt. Zum Glück wischen die schwarzen Zimmermädchen in jenem Hotel nicht unter den Betten. Der Kette, einer goldenen, ist nicht anzusehen, warum sie unersetzbar wäre. Als er sie dann gefunden hat – nicht in der Garderobe, nicht auf dem Tisch, nicht auf dem gelben Sofa – hat er sofort in ihrem Office angerufen. Ihr Aufatmen am Hörer. Das wäre nicht der Ort gewesen, um diese Kette zu verlieren ... Zum Abendessen erscheint Lynn in einem andern Kleid, das ihn weniger überzeugt; dazu wieder die dünne Brille. Ihr Haar geknotet. Die Bedienerin, die seinen Gruß nicht abnimmt, gießt Wasser mit Eisklötzen in die beiden Gläser. Die Leute ringsum: Gutverdiener hemdärmlig, wenig junge Leute. (TOO EXPENSIVE, sagt Lynn) und dafür viele gestandene Paare, die kaum je ein Wort miteinander wechseln, und Familien laut wie zu Hause. Sonnenuntergang für alle. Eine Hochzeitsgesellschaft. Auch Lynn und er können zuweilen schweigen. Die Anzahl der Personen, die sie gemeinsam kennen, ist gering, Klatsch kaum möglich. Es gibt Lobster. Wie man mit den Zangen umzugehen hat, Lynn nimmt an, daß er's vorführen kann. Sie überschätzt ihn. Einiges an seiner Person befremdet sie, das sieht er. Wenn er (bevor der Wein da ist) zu reden beginnt, nimmt sie aber an, es könnte sie interessieren, und unterbricht ihn nicht schon im ersten Satz. Jetzt kostet er den Wein, nickt. Davon versteht er etwas. Ob sie ihm ins Wort fällt und wie oft, vermerkt er nicht. Die erste Schere ihres Lobsters ist geknackt, Lynn kann es besser als er. Wenn sie fragt, was er denn damit meine, so scheint sie nicht auszuschließen, daß eine längere Ausführung von ihm (in seinem Englisch) sie überzeugen könnte. Er sagt Dinge, die ihn überraschen. Das macht ihn heiter. Es erleichtert ihn auch, wie belehrbar er sein kann. Übrigens trinken sie wenig. Lynn stochert in ihrem Lobster, aber nicht um wegzuhören. Natürlich interessiert sie nicht alles, was ihm in den Sinn kommt (zum Beispiel über Architektur). So viel, wie man zuerst meint, ist nicht an einem Lobster; das rote Gehülse auf dem Teller ein schöner Anblick, Lynn für einen Nachtisch bereit. Ergibt sich ein Einverständnis, so glänzt es; es riecht nicht nach einem sauervernünftigen Abkommen; es läßt sich weiterreden, obschon man einverstanden ist. Die junge Bedienerin, eine Studentin vermutlich, behandelt sie beim Nachtisch als ein besonderes Paar, tut, als habe sie Anteil an einer Art von Fest. Keine Zärtlichkeiten bei Tisch; sie sind nur ein Paar ohne die Mienen verhohlener Antipathie, ohne die kurzen Blicke, die der Partner nicht merken soll, wenn sie ihn von der Seite treffen, diese Blicke, wenn es für beide kein Geheimnis mehr ist, ihr tiefes Verbundensein ohne Wohlgefallen.

heute vor einer Woche: – sie liegen nicht im Gras umschlungen wie die andern Paare, sondern sie sitzen. Wenn Lynn nicht arbeiten müßte, könnte man ans Meer fahren; Lynn weiß, wo es schön wäre: Montauk. Ihre leichte Zuversicht, daß es schön wäre am Meer, ermuntert ihn zu dem Vorschlag für das nächste Wochenende, sein letztes hier. Es wird nichts versprochen, nur erwogen. Er sitzt, während Lynn sich ins Gras legt neben ihm. Sie verflucht ihre Firma; denn Lynn muß arbeiten, obschon es Sonntag ist. Ein sonniger Sonntag; der Park voll bunter Leute, keine Hippies mehr. Als sie sich erheben und gehen, weil es Zeit ist für Lynn, ist es Lynn, die ihren Arm in seinen Arm hängt; sie betrachten zusammen, Arm in Arm, einen schwarzen Seehund, dieses armlose Tier, das sich auf einen besonnten Kunst-Fels wälzt und glänzt. Geruch von verbrannten Brezeln, die hier verkauft werden. Sie gehen weiter und sehen: die Baseball-Jungen, viel Schwarze darunter, da und dort ein Vater, der für die Kinder einen farbigen Drachen steigen läßt, die blechernen Boote auf dem kleinen See zwischen den schwarzen Felsen von Manhattan … Vor zwei Jahren (genau in dieser Jahreszeit; nur waren die Zweige grüner) habe ich hier posiert für das Deutsche Fernsehen; die Kamera-Leute, die meine unbefangene Persönlichkeit suchten, waren froh um Jakov Lind, der mich zum Lachen brachte. Marianne wollte nicht ins Bild kommen; als der Kamera-Mann sie zu überlisten versuchte, wehrte ich ab; ich verstand es, daß Marianne nicht ins Bild kommen wollte. Es ging (wie immer) um das Verhältnis des Schriftstellers zur Gesellschaft.

manchmal meine ich sie zu verstehen, die Frauen, und im Anfang gefällt ihnen meine Erfindung, mein Entwurf zu ihrem Wesen; zumindest verwundert es sie, wenn ich in ihnen sehe, was meine Vorgänger nicht gesehen haben. Damit gewinne ich sie überhaupt. NIE HABE ICH MIT EINEM MANN SO SPRECHEN KÖNNEN WIE MIT DIR, das habe ich mehr als ein Mal gehört bei Abschieden. Schmeicheln kann jeder, das habe ich nicht nötig; es schmeichelt ihnen, wenn sie mich unter dem Zwang sehen, sie zu erraten. Eine Zeitlang überzeugt es sie, was mir zu ihnen einfällt; ich sehe sie nicht simpel, sondern voller Widersprüche. DAS HAT MIR NOCH NIEMAND GESAGT, sagen sie, ABER VIELLEICHT HAST DU RECHT. Mein Entwurf hat etwas Zwingendes. Wie jedes Orakel. Ich staune dann selber, wie ihr Verhalten bestätigt, was ich geahnt habe. Natürlich habe ich nicht für jede Frau den gleichen Entwurf. Es läßt mir keine Ruhe, ich muß wissen, wen ich liebe. Erfahrungen mit einer Partnerin zu übertragen auf die nächste Partnerin, davor hüte ich mich. Wenn ich es aus Versehen trotzdem tue, so weiß ich mich im Unrecht. Es muß an mir liegen, wenn ähnliche Verhaltensweisen wiederkehren, oft sogar haargenau. Dabei fehlt es, so meine ich, nicht an Fantasie; ich erfinde für jede Partnerin eine andere Not mit mir. Zum Beispiel, daß sie die Stärkere ist oder daß ich der Stärkere bin. Sie selber verhalten sich danach, wenigstens in meiner Gegenwart. Wenn ich sehe, daß sie leiden, so sage ich, woran sie leiden, oder ich sage es auch nicht; ich meine es aber zu wissen. Kraft meines Wahns. Dieser verläßt mich nicht; alles, was in meinen Entwurf paßt, bietet sich als Beobachtung an. Ich sehe es doch, ich höre es doch, und wenn ich nicht dabei bin, so kann ich es mir ungefähr vorstellen. Ich muß es mir vorstellen; nicht ungefähr, sondern genau. Natürlich zweifle ich, ob meine genaue Vorstellung stimmt. DAS IST DEINE INTERPRETATION, sagen die Frauen; sie selber brauchen keine. Ob es mich peinigt oder beseligt, was ich um die geliebte Frau herum erfinde, ist gleichgültig; es muß mich nur überzeugen. Es sind nicht die Frauen, die mich hinters Licht führen; das tue ich selber.

MAX, DID YOU LOVE YOUR MOTHER?

Ja.

YOU DIDN'T LIKE YOUR FATHER?

Achselzucken.

WHY NOT?

Darüber hat er noch wenig nachgedacht.

YOU ARE VERY FOND OF YOUR CHILDREN?

Sie sind keine Kinder mehr, alle erwachsen, als Erwachsene anders als andere Erwachsene natürlich; es macht ihnen Mühe zu vergessen, daß er ihr Vater ist, und er weiß nicht so recht, wie man's macht, Vater von Erwachsenen zu bleiben ... Offenbar ist es diese Hochzeitsgesellschaft, was Lynn irritiert:

DID YOU GET A WEDDING LIKE THAT?

Das zweite Mal nicht ... CASA COMMUNALE, WO auch das Schulzimmer für die Dorfkinder ist, IL SINDACO, Tapezierer von Beruf, der das einfache und mit sorgsamer Handschrift selbst verfaßte Eheversprechen verliest, Trauzeugen aus Malerei und Literatur, alles in allem sieben Freunde; ein roher Tisch, wo beide ohne Übermut ihre Unterschriften geben, AUGURI, AUGURI, AUGURI, AUGURI, dann gehen alle in unser Haus (seit drei Jahren schon Unser Haus) zu einem Trunk mit Leuten vom Dorf.

MAX, ARE YOU JEALOUS?

ihre Frage zum Nachtisch. Es ist Samstag, und am Dienstag fliegt er; Lynn will immer noch seine Laster herausfinden. Übrigens ist es bereits vereinbart, daß sie sich keine Briefe schreiben werden; nur eine Ansichtskarte am 11. 5. 1975, sofern sie's nicht beide vergessen. Ihre Frage also wie eine Frage aus einem Fragebogen:

ARE YOU JEALOUS? AND IN CASE YOU ARE: COULD YOU KILL A PERSON? AND IF SO: HER OR HIM? AND IF NOT –

Er hat reichlich über Eifersucht geschrieben. Schon deswegen hat er sich in den letzten Jahren jede Eifersucht versagt. Es wäre keine neue Erfahrung für ihn, wenn er wieder in Eifersucht verfiele; es fiele ihm als Schriftsteller dazu nichts ein, nichts Neues. Es ödet ihn an, was er schon beschrieben hat, die Geschichte mit dem fleischfarbenen Kleiderstoff in Venedig etc. Er ist kein Schriftsteller mit großer Fantasie, das stimmt schon. Deswegen kann er sich gewisse Emotionen gar nicht leisten, weil sonst die Gefahr besteht, daß er sie abermals beschreibt als Emotionen einer Figur. Das ist der Nutzen der Schriftstellerei (dieser Art) für den Schriftsteller als Person; er muß gewisse Tatbestände, wenn sie in seinem Leben wiederkehren, anders verarbeiten – um Schriftsteller zu bleiben ... Der Pingpong-Tisch ist an diesem Abend frei. Lynn muß dann ihre Zotteljacke doch ausziehen, später sogar die Ärmel ihrer Bluse krempeln; es zahlt sich aus, daß zu Hause, jenseits des Atlantik, ein Pingpong-Tisch steht. Lynn ist flinker, schneidet aber die Bälle nicht und ärgert sich, wenn sie einen geschnittenen Ball nicht erwischt; ihr Ärger hilft ihm. Zugleich freut es sie, daß es wirklich ein Match wird. Das Tick-Tack in dem kahlen Raum tönt lustig. Was ihm zu Hause nur selten gelingt, jetzt aber fast immer: die kommenden Bälle, die langen, erst in ihrer sinkenden Flugbahn zu nehmen, meist unter Tischhöhe. Man hat dann mehr Zeit, und es kostet keine Punkte, wenn er, der Dicke, weniger flink ist. Natürlich erwischt sie ihn fast jedesmal, wenn sie den Ball ganz kurz hinters Netz gibt, was aber, da seine Bälle ziemlich scharf kommen, nicht allzuoft gelingt. Sein Hemd, das weiße, das bessere von den beiden, die er mitgenommen hat für das kurze Wochenende, ist schon völlig verschwitzt; das kommt von der Bückerei, wenn der Ball unter eine Truhe rollt. Lynn hat nicht erwartet, daß sie das erste Game verlieren könnte, dann das zweite. Noch ist nichts entschieden. Vorher muß sie aber ihr Haar wieder knoten, ihren blauen Schläger auf den Tisch legen, um beide Hände frei zu haben für ihr Haar; während sie es knotet, schweigen sie ... Oft soll er geredet haben, als wisse er Bescheid. Er fragt nicht: Wo bist Du gewesen? Sie preßt ihm Orangen, bevor sie aus dem Haus geht. Er hat ihre Zuneigung und verbietet sich jede Nachforschung; er liebt sie. Ab und zu macht er einen Scherz, um seinen Verdacht nicht ernstzunehmen; er macht es sich bequem. Das erleichtert die täglichen Irreführungen; es muß nicht viel gelogen werden, Verschweigen genügt. Übrigens kennt er den andern Mann und schätzt ihn sehr. Wenn da eine andere Liebe ist, denkt er, so wird man es ihm sagen früher oder später. Zu dieser Zeit ist sie sehr glücklich, das sieht jedermann, auch er. Was es schwer macht für die Frau: wieder und wieder kommt er mit Plänen für eine gemeinsame Reise, werbend in Unkenntnis der Lage. Warum fragt er nicht rundheraus? Sie sagt sich: er will es nicht wissen. Er sieht dem Freund in die Augen und sieht, daß der Freund ihn schätzt; das stimmt auch. Langsam verliert er jeden leisen Verdacht. Es ist sein Fehler; ein Mann, der es nicht merkt, daß die Frau aus einem andern Bett kommt, ist kein zärtlicher Mann. Er merkt bloß, daß seine Arbeit sie wenig interessiert. Eine Einladung zu einem Vortrag in Austin nimmt er an, um ihr ein anderes Amerika zu zeigen, Texas und New Orleans; ihre Flugangst ist unüberwindlich, und so fliegt er denn allein. Der Freund gibt ihm Adressen von guten Leuten in Texas. Wieder sind sie überzeugt, daß er es weiß, und achten ihn für sein überlegenes Verhalten. Zwar kommt er früher von seiner Reise zurück, aber nicht ohne sich anzumelden, und er wird herzlich empfangen. Im Sommer, zu Hause in Europa, teilt er ihre Begeisterung für New York; seine Bereitschaft, einen zweiten Winter in New York zu verbringen, beglückt sie. New York ist wichtig für ihre Arbeit, so daß sie ihre Flugangst überwindet und einen Monat voraus fliegt, da er noch Verpflichtungen hat in Europa. Ihre Briefe sind mit Schwung geschrieben, froh und liebevoll. Die Penelope-Geschichte hört er kurz nach seiner Landung: ein gewisser Jack, den er noch nicht kennt, habe sie verführen wollen, ja, geradezu vergewaltigen, so daß sie Freunde rufen mußte, um diesen betrunkenen Jack aus dem Zimmer zu bringen. Er nimmt Anteil an ihrer Arbeit, doch braucht sie andere Helfer, und das versteht er; sein Englisch ist dürftig. Man trifft sich nicht mehr zu viert, sie und er und der Freund und dessen junge Frau, die schwierig geworden ist. Was sonst merkt er? Er merkt, wie wenig er seine Frau zu überzeugen vermag, was immer das Thema sei; sie weiß die ganze Zeit, daß er die ganze Zeit in Unkenntnis seiner Lage lebt, und wie soll sie noch glauben können, daß er nicht in allen Dingen sich ebenso irrt? Je rechthaberischer er wird, um so öfter irrt er sich tatsächlich; das merkt er. Ein schlechter Winter. Was kann die Frau dafür, daß er so unsicher ist in seiner eigenen Arbeit? Dann wieder sitzt er mit Gästen (sie kocht) und redet drauflos in Gegenwart ihres schweigsamen Freundes und merkt nicht, daß er so nicht reden würde in Kenntnis der Lage. Ihr Blick von der Seite ist nicht Tadel, wie er meint; nicht ohne Zuneigung, nur hilflos. Er überzeugt auch die andern nicht. Das liegt nicht an seinem Englisch. Er überzeugt sich selber nicht. Sie wünscht ihm Erfolg in Paris, THEATRE NATIONAL DE L'ODEON, er hätte Grund, stolz zu sein, und stattdessen bedrückt ihn wieder ihre Flugangst, eine Art von Klaustrophobie, weswegen sie ihn nicht nach Paris hat begleiten können. Er weiß nicht, was mit ihm los ist. Der Arzt, den der Freund empfehlen kann, findet überhaupt nichts. Überschätzt er sich? Er erwartet Respekt. Er macht sich lächerlich gerade dadurch, daß er plötzlich wieder meint, man nehme ihn nicht ernst. Das ist peinvoll auch für den Freund, der ihn schätzt. Einmal steht er auf, der Freund, geht zur Tür und haut ab. Hoffentlich widerfährt ihm nichts auf den nächtlichen Straßen, man müßte sich um ihn kümmern. Es stellt sich heraus, daß der Freund inzwischen eine zweite Wohnung hat, eine kleine, da er in der ehelichen Wohnung nicht in Ruhe arbeiten kann, und da sitzt er denn auf dem Bett: SORRY, sagt er, I AM DRUNK. Das kann es geben. Ein anderes Mal, als er die Geburtstagstorte mit den dreiunddreißig Kerzen bringt und in Gesellschaft spaßig-ritterlich kniet vor seiner Frau, ist es auch nicht der Augenblick, um ihn in Kenntnis zu setzen – das tut sie ein Jahr später (1973) in einem Gespräch am steinernen Tisch. Keine Beichte; ein Gespräch über die Selbstverwirklichung der Frau. Sie sagt es beiläufig. Er fällt nicht vom Roß wie der Reiter am Bodensee, sondern geht an die Arbeit; Korrespondenzen beruflicher Art. Eine natürliche Geschichte. Dazu gibt es nicht viel zu sagen. Sie hat ein volles Jahr gedauert; eine große Liebe; sie hätten miteinander leben mögen. Warum sie's nicht haben sagen können, schließlich versteht er auch das: sie haben nicht wissen können, daß er es versteht; er hat keine Gewähr geboten, daß er, ein Sechzigjähriger, sich nicht erschießt, vergiftet, erhängt deswegen ... Jetzt gilt's: Lynn hat den blauen Schläger in die Hand genommen, sie spielen weiter. Was soll man hier anderes tun. Es ist noch nicht zehn Uhr abends. Die Brandung unter Scheinwerfern. Morgen wird's regnen.

Lynn gewinnt 5 : 3.

(Später, ungefähr einen Monat nach diesem Pingpong, falle ich doch vom Roß – ich beschimpfe Jörg, der mir einmal, 1972, eine Arbeit von sechs Jahren gerettet hat vor gänzlicher Verstümmelung; ein Freund also. Ich gehe in seiner Stube auf und ab, ich lache: Unsere Gespräche unter vier Augen,

Männergespräche, während er also gewußt hat, was ich über meine Ehe nicht weiß. Verzeihung! Ich nehme zurück, was ich im Zorn gesagt habe. Wohin aber mit dem Zorn? Auch stimmt es ja nicht: nicht sie hat ihn damals eingeweiht, viele haben geredet, und er, als Freund, hat sie gefragt, ob ich davon wisse. Ich habe zu verstehen: ihre Bedrängnis. Hätte denn er, der für sie ein Bündel amerikanischer Liebesbriefe verwahrt in diesem Haus, ihr Vertrauen mißbrauchen dürfen? Ich bin trotzdem bestürzt. Ich rede scheußlich und dumm, wie Jörg es nie von einem gestandenen Mann erwartet hätte. Was geht's mich an, wieviele es vor mir gewußt haben? Ich bin bestürzt über mich; was denn sonst, wenn nicht meine Eitelkeit, hat mich genötigt, ein Geheimnis daraus zu machen, seit ich davon weiß, unser Geheimnis? Ich bin bestürzt über meine Eitelkeit. Warum sollte er, der Geliebte, seine Geschichte mit meiner Frau nicht dem einen und andern erzählen, bevor ich davon weiß? Es ist seine Geschichte.)

Die Bar ist kein Ort, um zu sprechen; zu laut, zu düster. Sie wollen nicht trinken. Man ist eigentlich nicht müde, nur erhitzt vom Pingpong; eine Dusche wäre willkommen. Plötzlich ist alles fragil; Melancholie der gemeinsamen Ortlosigkeit. Man müßte jetzt einen Einfall haben und hat ihn nicht. Lynn sagt:

IT WAS A BEAUTIFUL DAY!

In einer Woche tagt die Akademie in Berlin. Was macht Lynn heute in einer Woche? Das gibt kein Gespräch; ihre Pläne, seine Pläne. Eine Weile sitzen sie in der Loggia, Lynn in Pyjama mit Zotteljacke darüber; die nahe und immer wackere

Brandung unter dem Flutlicht der Scheinwerfer; unterhalten können sie sich nur noch allgemein:

IST DIE EHE FÜR SIE NOCH EIN PROBLEM?

Ich erinnere mich an eine Frau, die sich ihre zehn Finger am Verputz in der Toilette blutig gekratzt hat, nachdem ich meinen Ehebruch gestanden habe. Das Blut am Verputz habe ich am Abend bemerkt, ihre wunden Finger erst am andern Morgen. Ferner erinnere ich mich an eine Frau, die sich aus dem Bett aufrichtet, um ihren Mann in seiner Praxis anzurufen: aus einer Kabine, sagt sie, und ich höre weg, und eine gute Stunde später speisen wir zu dritt …

Das Thema macht ihn nicht gesprächig.

Die Brandung unter dem Licht der Scheinwerfer ist nicht so laut, daß sie sich nicht unterhalten könnten. Sie schweigen jetzt trotzdem. Das Flutlicht reicht übrigens nicht weit hinaus; es zeigt drei Wellenkämme mit belichtetem Gischt, dahinter ist es schwarz, Nacht, kein Leuchtturm ist zu sehen, Nacht ohne Horizont. I AM FINE, sagt Lynn, als sie in der Loggia sitzt, IT IS NOT COLD AT ALL. Immerhin hat sie gern die Zotteljacke genommen, die er neulich nach dem Interview zum ersten Mal gehalten hat, dann auch eine weiße Wolldecke. Einmal Stimmen von einer Loggia nebenan; eine Warnung, daß man sie hören könnte. Sie schauen auf die drei Wellenkämme (dann wieder sind es nur zwei) mit dem kräuselnden Gischt, der aus der Nacht kommt. Lynn jetzt ohne Sonnenbrille; wenn sie im Sessel zurücklehnt, reicht ihr offenes Haar fast auf den Lattenboden der Loggia. In der

Wölbung unter dem Gischt sind die kommenden Wellen grün, ein bleiches Grün und milchig. Die Musik aus der Bar hat aufgehört. Mitternacht. Manchmal prallt es wieder auf den Strand, so daß man vergißt, woran man eben gedacht hat. Meistens rauscht es gleichmäßig. Ein Mal sind es vier Wellenkämme hintereinander. Es wäre schade, jetzt zu schlafen, und sie sitzen noch lang. YOU ARE WATCHING ME. Wenn er ihre Schultern faßt, wenn er ihr Haar strafft und mit seinen flachen Händen nach hinten streicht, damit ihre Stirn ganz frei wird, lesbar als Stirn eines vertrauten Menschen, oder wenn er ihre rötlichen Brauen nachzeichnet mit seinem Finger: ohne Zweifel, daß seine Zärtlichkeit sich auf Lynn bezieht, die junge Fremde; sein Gefühl vertauscht sie nicht mit andern, wenn er ihren Körper küßt, bis sie ihn zu sich zieht. Ihr Haar auf seinem Gesicht, der weite und weiche Mund, ihre jetzt schmalen Augen, die plötzliche Ähnlichkeit aller Frauen im Augenblick ihrer Lust. Später ihr Kopf an seiner Schulter, Härte eines Schädels. YOU ARE THINKING. Eine wird die letzte Frau sein, und ich wünsche, es sei Lynn, wir werden einen leichten und guten Abschied haben ... Um sieben Uhr morgens, als er allein auf der Loggia draußen steht, ist es dem Himmel noch nicht anzusehen, ob es ein grauer oder blauer Tag wird. Er hofft, nicht geschnarcht zu haben. Die Latten unter den bloßen Füßen sind feucht, etwas glitschig. Er weiß nicht, was er denkt; er ist wach. Wie die Möwen. Auch das hölzerne Geländer, auf das er seine Arme stützt, ist naß. Er genießt es, zu frösteln und nichts zu denken. Er empfindet seine Füße auf dem kalten Lattenrost, seine Hände auf dem Holz des Geländers; er hört die Möwen, aber er schaut nicht. Was zu sehen wäre, das kennt er. Sein Körper läßt ihn empfinden, daß er im Augenblick da ist. Manchmal fragt er sich beiläufig, was er mit seinen Jahrzehnten eigentlich gemacht hat. Andere können sagen: 5 Jahre im Krieg, 2 Jahre in Gefangenschaft. Ein anderer: 40 Jahre bei der Bundesbahn. Ein andrer: 10 Jahre im Lager. Sie wissen, warum das Leben kurz gewesen ist.

ARCHITEKTUR:

12 Jahre mit Reißbrett, Bleistift, Rechenschieber, Pauspapier, Reißschiene, Zirkel, Geruch von Tusche. Der weiße Kittel des Zeichners. Wenn man ein großes Pauspapier rollt: der zischende flatternde Ton. Rollen aus Pappe. Die tägliche Fahrt zur Arbeit: ich bin nicht mehr Student und nicht mehr Schriftsteller, ich gehöre zur Mehrheit. Ihre Gesichter in der Bahn morgens und abends. Ich trage gern den weißen Zeichenmantel, ich zeichne gern. Draußen schneit es, so daß man die Zeichenlampe braucht; Glanz auf dem glatten Pauspapier. Es ist Krieg. Beim langsamen Ziehen einer Linie mit Tusche halte ich den Atem an. Ich beschrifte auch gerne; ich radiere, wenn eine Maßzahl nur leserlich geraten ist, nicht aber schön. ZEMENT, SIKA, KLINKER, ZINK, GLASWOLLE, ETERNIT, das sind die Vokabeln meiner Kalligraphie. Ich bin dreißig und habe endlich einen Brotberuf, ein Diplom, ich bin dankbar, daß ich eine Stelle habe: acht bis zwölf und eins bis fünf. Ich kann heiraten. Wenn ich den Rechenschieber benutze, so habe ich das Gefühl, ein Fachmann zu sein. Wieso grad Architekt? Der Vater ist Architekt gewesen (ohne Diplom); das durchsichtige Pauspapier, die Reißschiene, die wippen kann, das Meterband als verbotenes Spielzeug. Ich zeichne exakter, als ich vordem geschrieben habe. Als Zeichner von Werkplänen komme ich mir übrigens

männlicher vor. Einmal auf dem Bau muß ich erfahren, daß eine Treppe, die ich gerechnet und gezeichnet habe, nicht auf dem oberen Podest ankommt; es fehlt eine Tritthöhe, während die Länge stimmt. Das kommt dann nie wieder vor. Die Platten für die Stufen sind schon geschnitten gewesen; der Boß hat den Schaden übernommen. Auf der Baustelle heiße ich: Herr Architekt. Sehe ich meine Kalligraphie in den Händen eines Eisenlegers oder eines Zimmermanns, so bin ich etwas kleinlaut, auch wenn die Pläne stimmen. Oft habe ich keine Ahnung, wie etwas auszuführen ist; ich weiß nur, das weiß der Arbeiter dann schon. Ein fades Gefühl gegenüber Handwerkern jeder Art. Wenn sie die Stirn runzeln, so bin ich froh, daß sie mich nicht fragen, wie sie's machen sollen, und ich entferne mich, wenn sie fluchen. Auch wenn ich mit der Zeit begriffen habe, wie eine Sache anzufangen ist: meine Hände könnten es nicht. Meine Hände halten dann eine Rolle, die mein Halt ist. Es bleibt ein Gefühl von Inkompetenz. Es scheint, daß die Arbeiter es nicht merken. Gerne würde ich ihnen lange Zeit zuschauen; das schickt sich aber nicht. Ich bin kaum besser bezahlt als sie; aber nicht bezahlt als Zuschauer. Die meisten Arbeiter sind älter als ich. Mein Bruder schenkt mir Vertrauen. Sein Geld ist knapp; es wird ein kleines Haus. Je simpler mein Plan, um so besser wäre es. Stattdessen will ich Einfälle zeigen, und es wird ein dummes Haus, aber es wird gebaut: der Aushub, das Gerüst, die Fundamente, die Schalungen und alles nach Plan, dann das Wachsen der rohen Mauern und was außerhalb des Planes liegt: viel Erde, Bretter, Haufen von Backsteinen, alles dinglich. Nachdem die Arbeiter gegangen sind, bleibe ich noch eine Weile, tue, als messe ich. Rohre für die Kanalisation, Kies, die Schaufeln, die Karren, die Rollen von Teerpappe körnig und etwas klebrig, Säcke voll Zement, die Latrine unter einem blühenden Kirschbaum, Bündel von angerosteten Rundeisen in der Wiese. Ein Mal träume ich: das fertige Haus ohne Ähnlichkeit mit meinen Plänen, aber gebaut nach meinen Plänen, sagen sie. Verglichen mit dem Traum sind es kleine Schrecken, die mich auf der Baustelle erwarten: ein Fenster viel zu groß. Man kann es nicht mehr verkleinern; die Fensterrahmen sind schon bestellt. Selbst Einfälle, die eine Einsparung brächten, kommen jetzt zu spät. Mein Bruder tut mir leid. (Zwanzig Jahre später schenkt er mir nochmals sein Vertrauen; das zweite Haus ist wenigstens vernünftig, es steht richtig im Gelände und macht keine Faxen.) Mein erster Fehler als Boß: ich stelle einen Hochschulfreund an, wir haben bisher als Angestellte nebeneinander gearbeitet, ich biete 500 Franken statt 350 monatlich, und da wir uns immer über diesen starren Stundenplan geärgert haben, acht bis zwölf und zwei bis sechs, biete ich ihm die kleine Freiheit, seine Arbeit zu machen, wann er will, vierzig Stunden in der Woche. Der andere, ein Techniker, ist mir als Korporal aus dem Militär bekannt und zu dieser Zeit froh, eine Stelle zu finden; auch wir duzen uns. Unsere Arbeit ist dringlich und schön, nämlich Entwurf, oft arbeite ich zu Hause in die Nacht hinein; zugleich empfinde ich es als unschicklich, wenn ich, jetzt als Boß, später als die andern an den Zeichentisch komme oder früher weggehe. Komme ich aber Punkt acht Uhr und stehe ich schon im weißen Zeichenmantel, wenn sie kommen, so wirkt es, als spiele ich den Aufseher; das stört mich auch. Gelegentlich muß ich zu Besprechungen; komme ich nach zwei Stunden zurück, so kann Kurt, der Hochschulfreund, kaum warten mit seinen Skizzen, die zeigen sollen, wie beflissen er arbeitet. Seine Vorschläge sind lausig, aber

Einwände kränken ihn gar nicht, er ist willig, die Sache nochmals zu studieren. Der Bauzeichner, der andere, verhält sich still und immer stiller, bis er eines Tages seine Kündigung ausspricht. Wieso? Er will nicht einen höheren Lohn; es erbittert ihn nur, daß mein Hochschulfreund, kaum bin ich weg oder auch nur im anderen Zimmer, seine persönlichen Arbeiten vornimmt. Ich brauche nicht unter seinem Reißbrett nachzusehen; ich sehe es ja, was er mir vorlegt: Bluff mit weichem Stift, Skizzen, die in zehn Minuten zu machen sind, und wie er mir schmeichelt, wo er nur kann. Der andere, der Bauzeichner, ist der einzige Praktiker in meinem Laden, ein Gewissenhafter; er arbeitet für seinen Lohn, während der Diplom-Architekt, besser bezahlt, mich seit Monaten hintergeht, und das verdrießt ihn, das nimmt ihm jede Lust an seiner Gewissenhaftigkeit. Sein Name: Adam. Er wohnt in dem Haus, wo wir arbeiten. Eines Morgens, als ich wie üblich zur Arbeit komme, finde ich seine Frau wie eine Wahnsinnige, die mich packt: ICH BIN KEINE MÖRDERIN, HERR FRISCH, ICH BIN KEINE MÖRDERIN, SAGEN SIE, DASS ICH KEINE MÖRDERIN BIN! und sie zeigt mir den Säugling. Das kleine Bett hat sie in der Nacht, um schlafen zu können, hinunter gestellt in mein Büro. Ein bläulicher Säugling. Erstickt. Ihr Mann, der Korporal, ist zu dieser Zeit beim Militär; ich muß es ihm mitteilen. Es trifft die Gewissenhaften. Es vergehen Wochen, bis ich den andern in ein Café bitte; ich brauche fast nichts zu sagen, sage bloß, daß wir etwas zu besprechen haben. Kündigung? Er nimmt sie an, bevor sie ausgesprochen ist und ohne nach meiner Begründung zu fragen; ich bin froh, daß ich den Grund nicht erwähnen muß, sonst könnte Kurt mir entgegnen: Genau das hast du ja als Angestellter auch gemacht, unter dem Reißbrett hast du an deinem

Wettbewerb gezeichnet. Lange Zeit bleibt das Projekt auf dem Papier, Mangel an Zement in diesen Jahren, Mangel an Eisen, das der Krieg verbraucht. Ich beginne, zu dieser Zeit nicht vollbeschäftigt, wieder zu schreiben: Theater, damit sich etwas verkörperlicht. Schreiben am Feierabend. Ich will nicht ertappt werden dabei, daß ich im Büro etwas anderes treibe; nur für dringliche Einfälle liegt ein Zettel unter meinem Reißbrett. In fünf Wochen das erste Stück, das zweite Stück in drei Wochen; das Schauspielhaus Zürich führt sie auf, es entgeht der Baubehörde nicht, daß ich also dichte. Einmal holt mich der Bauführer in seine Baracke, um mir etwas anzuvertrauen: ein Plan, unterzeichnet mit meinem Namen wie alle Pläne, hat einen argen Fehler im Ausmaß. DIE MASSE SIND AM BAU ZU KONTROLLIEREN, so der übliche Stempel auf jedem Plan; ich danke dem Bauführer, daß er den Fehler bemerkt hat, bevor die Bulldozer zuviel Erde ausgehoben haben, und sage, daß übrigens nicht mein Bauzeichner dran schuld ist; ich selber habe diesen Plan gezeichnet, nicht bloß unterschrieben, sondern selber gezeichnet. Das hätte ich nicht zu sagen brauchen. Das hat zur Folge, daß für den Rest der Bauzeit (zwei Jahre) dieser Bauführer nie zugibt, es sei ihm ein Fehler unterlaufen; es ist ausgemacht, wem hier die Fehler unterlaufen. Eine Zeitlang geht beides nebeneinander, der Bau und die Proben auf der Bühne. Um acht Uhr ins Büro; um zehn Uhr fahre ich ins Schauspielhaus zu den Proben, sitze als Laie im Parkett und höre. Wenn die Schauspieler nach Hause gehen, um Texte zu lernen, fahre ich zur Baustelle und sehe, wie sie den Sprungturm ausschalen, anderswo Platten verlegen, wie der Schreiner endlich seine Werkstattarbeit bringt und einpaßt. Da klappt nicht alles, sowenig wie bei den Proben im Schauspielhaus. Verkörperlichung dort wie hier. Zwar bewerkstelligen es die andern, trotzdem habe ich das Gefühl, Hände zu haben. Es entsteht etwas. Es ist mir bewußt, daß das eine volle Zeit ist Tag für Tag; nicht ohne fachliche Sorgen, da der letzte Akt sich als dünn erweist und da die Lasur für das Holzwerk häßlich ist, unwiderrufbar. Bevor ich die Baustelle verlasse, säubere ich die Schuhe mit einer Latte oder einem Draht, dann nehme ich mein Fahrrad. Es kommt vor, daß ich auf dem Fahrrad pfeife.

12. 5. 1974:

das Morgenmeer perlmuttergrau unter tiefem Gewölk, die Brandung flau, keine Sonne. Es ist besser, die Schuhe auszuziehen und barfuß im Sand zu gehen, die Schuhe in den Händen. Möwen über der leeren Küste, lauter als jede Empfindung, lauter als die Brandung. Er denkt: Heute wird's regnen. Büschel von Gras auf der Düne. Es ist windig, und er trägt nur das Hemd, keine Jacke; man friert nicht, solang man stapft. Es regnet noch nicht. Wieder kein Mensch weit und breit. Da und dort eine Plastik-Dose im Sand; die hat man gestern nicht bemerkt. Er fragt sich, wie weit er gehen wird, die Schuhe in den Händen. Die beiden Sessel von gestern sind winzig in der Ferne, kaum noch zu erkennen. Er fühlt sich wohl. Er stapft. Kurz nachdem er beinah gestolpert ist, weiß er, was er, die beiden Schuhe in den beiden Händen, gedacht hat: Ich möchte dieses Wochenende beschreiben können, ohne etwas zu erfinden, diese dünne Gegenwart – das hat er aber schon gestern gedacht in der Boutique; den Namen der Ortschaft hat er vergessen. Dann wieder denkt er gar nichts ... Dann wieder dasselbe: Ich möchte nichts erfinden; ich möchte wissen, was ich wahrnehme und denke, wenn ich nicht an mögliche Leser denke. Schreibe ich denn, um Leser zu befriedigen, um Kritiker zu beliefern! Die Frage, ob man beim Schreiben an den Leser denke, kommt in jeder Universität. Zum Beispiel, denkt er, habe ich mir die Leser nie barfüßig vorgestellt … Wo der Sand am Auslauf der Brandung feucht ist und dadurch härter, so daß man leichter geht, werden die Füße kalt. Es ist Flut, der Strand schmaler als gestern. Weiter von der Brandung entfernt, dort wo der Sand trocken ist, wird es ein mühsames Stapfen, und die Haut der Sohlen beginnt zu brennen. Ein körniger Sand. Einmal müßte man so lang gehen, bis man keine Haut mehr an den Sohlen hat und wirklich zu sich selbst spricht.

Sonst bleibt's im Traum:

– drei oder vier Hunde, Doggen vielleicht, es sind große Hunde. Ich bin mit ihnen eingesperrt in diesem Hundezwinger. Sie greifen mich aber nicht an, sie bellen. Ich sehe nicht hinaus. Sie bellen wie tollwütig. Ich weiß nicht, wer draußen vor dem Zwinger ist, man hört Stimmen, der Zwinger bleibt verriegelt. Sonst würden die Hunde euch zerreißen. Sie kläffen nicht bloß, jetzt kratzen sie mit ihren Pfoten durch den Spalt unter der Türe; wenn sie die Beine zurückziehen, sehe ich, daß ihnen die Pfote abgehackt ist, eine nach der andern.

Gestern der lange leichte Nachmittag: als sei's verwunden (wie schon öfter) ein für allemal, Blick zurück ohne Zorn und ohne Selbstmitleid, alles verwunden und geläutert (es haben nur noch die Hexameter dazu gefehlt) ein für allemal, und jetzt bleibt er auf der Düne stehen, die Schuhe in den Händen, um zu sagen:

DAMN!

erstens ist das Meer nicht perlmuttergrau, die Möwen sind nicht weiß, der Sand weder gelb noch grau, nicht einmal das Gras ist grün oder gelb, das tiefe Gewölk nicht violett –

DAMN!

Ich lebe stets in Unkenntnis der Lage.

DAMN!

Nachher verstehe ich mein Verhalten nicht. Ein Ausspruch, der mich getroffen hat wie ein Messer, ist überhaupt nie gefallen; alle bezeugen es. Ich verletze mich an einem Wahn. Meistens kommt es nicht zum Vorschein, wenn das Hirn mich im Stich läßt; nur ich bemerke meine Fehlleistungen jeden Tag. Das macht unsicher und aggressiv. Meine Furcht davor, daß das Hirn mich im Stich läßt, und meine Emotionalität: labil, exaltiert, fragil. Es hilft nichts, daß ich dieses oder jenes zu wissen meine. Ein langer leichter Nachmittag: die Welt entrückt in ihre Zukunft ohne mich, und so die Verengung auf das Ich, das sich von der Gemeinsamkeit der Zukunft ausgeschlossen weiß. Es bleibt das irre Bedürfnis nach Gegenwart durch eine Frau. Ich kenne das Vakuum: wenn eine Viertelstunde, die nächste, länger erscheint als das vergangene Jahr, und dabei habe ich grad noch gemeint, ich hoffe etwas. Der Kranke in mir, der tot sein will und dazu schweigt; sein gelassenes Bedürfnis, mein Hirn an die nächste Wand zu schmettern –

SHIT!

Am Mittwoch werde ich 63 … Heute wirds regnen, das hat er aber schon vor einer Stunde gedacht, und es regnet noch nicht. Einmal ein paar Tropfen. Es ist neun Uhr. Nach zehn Uhr (das hat er an der Zimmertüre gelesen) gibt es kein Frühstück mehr – so weiß er wieder, was er denkt, die Schuhe in den Händen: Ich muß sie wecken … Morgens ist Lynn nicht ansprechbar. Ihre Lider jetzt ohne Schminke blaß und wächsern. Sie atmet aber. Ihr offenes Haar auf dem Kissen, ein nackter Arm hängt fast auf den Boden, ein Fuß unter dem Linnen hervor.

IN DIESEN TAGEN STEH ICH AUF MIT DEN BIRKEN
UND KÄMM MIR DAS WEIZENHAAR AUS DER STIRN
VOR EINEM SPIEGEL AUS EIS.

…

IN DIESEN TAGEN SCHMERZT MICH NICHT,
DASS ICH VERGESSEN KANN
UND MICH ERINNERN MUSS.

Im Morgengrauen vor Jahren (1958) gehe ich auf der Küstenstraße, während sie schläft; nicht barfuß, aber in den Espadrilles beginnen die Füße auch zu brennen. Es ist dringlich, und ich gehe geschwind. Ich schaue kaum. Trotzdem sehe ich in der Bucht die reihenweise verankerten Schiffe zum Verschrotten, Fischerboote weit draußen im Morgengrauen. Zuerst bin ich nur vors Haus gegangen und habe mich an die Mole gesetzt, ab und zu ein Blick zu dem Haus hinauf. Habe ich gehofft, sie suche mich? Wenn man schläft, ist eine Stunde nichts; sie wird lang für den Wachenden. Dann bin ich geschlendert, um nicht zu frösteln. Plötzlich auch die Langeweile. Wo die schmale Küstenstraße um den Fels biegt, dort wo man zuletzt den kleinen Hafen noch sieht, das Haus, wo sie schläft, die kleine Terrasse im obersten Stock, habe ich mich nochmals auf die Mauer gesetzt, die beiden Arme zur Seite gespreizt, die Hände flach auf dem rauhen Mörtel, die Füße mit den Espadrilles pendelnd. Nachdem ich den Mörtel von den Händen gerieben habe, gehe ich, bevor dieser Tag wird. Wie einer, der eine Meldung zu bringen hat, eine dringliche, gehe ich weg. LA SPEZIA; ich komme nicht weiter. Zu früh vor Tag, um einen Kaffee zu bekommen. Kein Mensch auf den Beinen, kein vernünftiger, alle Rolläden geschlossen. Sie bauen noch nicht einmal den täglichen Markt auf. Kein Bus; man kann mitten auf den Straßen gehen. Ich bin froh um das Schlottern auf einer öffentlichen Bank, alles Denken hilflos, ich weiß nicht, in welcher Richtung die Zukunft liegt. Später am Bahnhof, nachdem ich den Fahrplan studiert habe ohne Lesebrille, sehe ich nach, wieviel Geld ich denn in der Hosentasche habe. Fort von ihr oder zu ihr? In ihrer Nähe gibt es nur sie, in ihrer Nähe beginnt der Wahn. So viel habe ich schon gewußt. Noch meine ich, es sei zu entscheiden wie mit einer Münze, die man wirft: Kopf oder Schrift? Es ist aber schon entschieden. Zum Hohn bloß werfe ich tatsächlich eine Münze, 100 Lire, nehme sie vom Boden, ohne hinzusehen, ob Kopf oder Schrift; ich warte nur noch, bis es einen Kaffee gibt in dieser Stadt: LA SPEZIA … Genau um diese graue Morgenstunde vor zwei Monaten: PARIS, die ersten Küsse auf einer öffentlichen Bank, dann in die Hallen, wo es den ersten Kaffee gibt: am Nebentisch die Metzger mit den blutigen Schürzen, diese zu plumpe Warnung. Ihre Reise nach Zürich. Die Verstörte am Bahnhof; ihr Gepäck, ihr Schirm, ihre Taschen. Eine Woche in Zürich als Liebespaar und aus klarer Erkenntnis der erste Abschied. Das gibt es tatsächlich: daß Haare zu Berge stehen. Ich habe es bei ihr gesehen. Die klare Erkenntnis, lebbar nicht länger als vier Wochen. Meine Reise nach Neapel. Sie am Bahnhof; ihre Arme haben Kraft. Wohin mit uns? Schließlich ist es ein Zufall, wo wir eine Unterkunft bekommen; wieder zu plump: PORTO VENERE, WO wir im Taxi angekommen sind wie auf einer Flucht ... Dann habe ich den Sand aus den Espadrilles geschüttelt, bevor ich aufgestanden bin, und die Münze gebe ich für den Kaffee. Wir leben sieben Monate zusammen, dann werde ich krank. (Hepatitis.) Ich bin achtundvierzig und habe noch nie in einem Spital gelegen, ich genieße die Einlieferung, alles weiß und mit Bedienung. Dann aber die Angst, das Gedächtnis zu verlieren. Zum ersten Mal diese Angst. In der Nacht ein Satz, den ich ihr sagen muß: Der Satz. Er scheint mir richtig und infolgedessen ist es wichtig, daß ich, unfähig zu Notizen, den Satz auswendig lerne. Morgens die tägliche Infusion in den rechten Arm, das dauert drei oder vier Stunden, dieses Tröpfeln aus der Blase über mir. Um ihn nicht zu verlieren, wiederhole ich den nächtlichen Satz von Viertelstunde zu Viertelstunde; ohne jedes Mal denken zu können, was er heißt. Eine Gruppe von Wörtern. Vor allem nach der Visite des Oberarztes, nachdem ich andere Wörter gehört habe, ist es dringlich, diese Gruppe von Wörtern wieder herzustellen. Nach der Infusion ist man ermattet, aber nicht nur das; auch Sehstörungen. Ich muß aber den Satz notieren, bevor ich in Schlaf falle. Gegen Abend fühlt man sich wach; ich lese den Satz, der keiner ist: das Subjekt ist nicht zu entziffern, ich rate vergeblich, und es fehlt jedes Verbum. Ich habe Angst. Sie besucht mich, und ich kann's nicht sagen. Kann ich hören?

Ich bemerke nicht, daß sie heute ein neues Kleid trägt, ein sommerliches. Sie ist enttäuscht; sie ist den ganzen Tag in Zürich herumgelaufen, um mich zu erfreuen mit einem neuen Kleid. Ferner hat sie Blumen für mich gekauft, Rittersporn, da ich Rittersporn mag; sie stehen in der Wohnung, sagt sie, drei Sträuße. Ich verstehe alles nicht. Ich schicke sie weg. Ich bin gelber als ein echter Chinese und verfüge den Kauf von zwei Volkswagen, einen für sie, einen für mich, wenn ich aus diesem Spital komme. Zum Glück ist jemand auf Durchreise hier, der sie nach Rom begleiten kann. Nicht irgend jemand: Hans Magnus. Ich habe sie weggeschickt, Sommer 1959, und kurz darauf werde ich gesund. Ich kann schon wieder gehen: eine halbe Stunde zur Schwefelquelle und eine halbe Stunde zurück, später mehr. Das Gedächtnis ist auch wieder da, sie also in Rom. Als ich vier und fünf Stunden am Tag gehen kann, weiß ich, daß ich nicht leben will ohne sie. ROMA NON RISPONDE, ich kann es nicht fassen, daß ich sie eine Nacht lang nicht erreiche, auch tagsüber nicht, ROMA NON RISPONDE, ich kann mir vielerlei Gründe denken, und alle sind mir durchaus gleichgültig; was mich fertigmacht: dieses Klingeln, bis wieder die Stimme kommt: ROMA NON RISPONDE. Ich hole eine Decke, da ich immer wieder einschlafe neben dem Apparat, und stelle den Wecker, um anzurufen jede Stunde. Ein Kranker hat sie weggeschickt, ich weiß; der Arzt hat erlaubt, daß ich mich ankleide und einige Minuten auf die Straße gehe, um den beiden zu winken bei der Ausfahrt. Hat sie meine Briefe nicht bekommen? Ich bin nicht mehr gelb; ich will sie. ROMA NON RISPONDE, ROMA NON RISPONDE. Einmal höre ich doch ihre Stimme; wenige Tage danach treffen wir uns an der italienisch-schweizerischen Grenze und rollen in zwei Volkswagen nach Zürich. Was in

Rom gewesen ist, sagt sie. In Zürich der Versuch mit zwei Wohnungen; sie wohnt in dem Haus, wo Gottfried Keller als Staatsschreiber gewohnt hat, mit Türen aus Nußbaum, Beschläge aus Messing. Was traue ich mir zu? – in Siena, Herbst 1959, stehe ich vor der Post wie ein erwachter Traumwandler, eine Weile lang nicht imstande, jetzt über den besonnten Platz zu gehen: der Brief ist abgeschickt, Expreß, ein dicker Brief. Ich habe ihr die Ehe angetragen. Ja. Ihre Antwort kann ich mir nicht vorstellen. Nein. Der Freund, der in einer nahen Bar auf mich gewartet hat, findet mich ziemlich verstört und weiß nicht warum. Wann kann ihre Antwort mich frühestens erreichen? In diesem Herbst darf ich nicht trinken, nicht einmal Kaffee; so nüchtern habe ich uns die Ehe vorgeschlagen. In Assisi gehe ich zuerst zur Post, dann in den Dom, wo gerade eine Hochzeit aufgeführt wird, eine katholische; in Florenz zur Post, bevor ich mit dem Freund ein Hotel suche. Soll ich es wagen und anrufen? Mein Brief, den ich im Augenblick noch auswendig weiß, ist angekommen, das höre ich von ihr erst bei unserem Wiedersehen in Zürich. Was hätte ich, ein halbes Jahr nach der späten Scheidung meiner bürgerlichen Ehe, unter Ehe verstanden? Ich begleite sie nach Frankfurt; im Hörsaal, während ihrer ersten Vorlesung, sitze ich und halte ihren Mantel auf meinen Knien. Die nächsten Male will sie allein nach Frankfurt fahren; einmal auf dem Bahnsteig, als ich sie abhole, bleibt sie stehen, sowie sie mich sieht, ganz und gar verwirrt. Was in dem Telegramm steht, das sie am andern Tag so bestürzt, bleibt ihr Geheimnis. Es befreit mich nicht aus meiner Hörigkeit, daß ich in diesem Winter, zwischen unseren zwei Wohnungen, zu einer andern Frau gehe. Auch meine Kinder lieben sie, glaube ich. Später ziehen wir zusammen nach Rom, VIA GIULIA 102, wo es lärmig ist. Ihr Rom. Das Gerücht unserer Verehelichung geistert durch Zeitungen mit Angabe einer italienischen Kapelle, die ich nie gesehen habe. Glaubt man ihr die Freiheit nicht? Als Gäste bei Freunden, ihren oder meinen, bekommen wir fraglos ein Zimmer zusammen; wir sind ein Paar, eine Art von Paar, es ist kaum noch zu verheimlichen. In einem italienischen Restaurant kommt ein Deutscher an unseren Tisch, ich sehe eine Begrüßung voll Freude über den Zufall dieser Begegnung und höre eine halbe Stunde lang zu; sie stellt mich nicht vor und ich stelle mich nicht vor, weil ich weiß, daß sie es nicht möchte, und er, Peter Huchel, wagt sich auch nicht vorzustellen, obschon er mich erkannt hat. Manchmal ist es komisch. Als ich sie in Neapel besuche, zeigt sie das Haus nicht, wo sie wohnt, und nicht einmal die Straße; das verstehe ich. Sie hat eine große Scheu davor, daß Menschen, denen sie nahesteht, einander begegnen. Sie möchte nicht, daß ich je zu einer Tagung der GRUPPE 47 erscheine; das bleibt ihre Domäne. Sie hat mehrere Domänen. Dann und wann verdrießt mich die Geheimnistuerei. Was fürchtet sie? Einmal reisen wir nach Klagenfurt; sie zeigt mir den Brunnen mit dem Lindwurm, berühmt durch ihren Text; ich bin (so sagt sie) der erste Mann, dem sie das zeigt, und sie zeigt mich der Familie. Dann wieder, in Rom, scheidet sie Vergangenheit und Gegenwart; plötzlich bleibt sie stehen, wie von einem Ziegel getroffen, und hält den Handrücken vor ihre steile Stirn: Bitte, nein, laß uns nicht durch diese Gasse gehen, nein, bitte nicht! Ich frage nicht. Man vergibt sich mit seinen Geheimnissen. Das ist wahr. Eine Versammlung aller, die je in unser Leben hineingespielt haben oder eines Tages hineinspielen könnten, das ist eine schreckliche Vorstellung: ihre Kenntnisnahme gegenseitig, ihre Übereinkunft nach dem

Austausch widersprüchlicher Kenntnisse, ihr Verständnis für einander, das wäre das Begräbnis unseres Selbstverständnisses. Ihr Glanz; wir sitzen vor einem römischen Makler, der die Wohnung einer Baronessa vermietet und zu verstehen gibt, die Baronessa könnte als Mieter einen amerikanischen Diplomaten vielleicht vorziehen, DOTTORE, sagt sie entgeistert wie eine Königstochter, die nicht erkannt worden ist und zögert, SENTA, sagt sie, SIAMO SCRITTORI, und wir bekommen die Wohnung; Terrasse mit Blick über Rom. Oft ist sie für Wochen weg, ich warte in ihrem Rom. Ein Mal, als ich sie auf der Fahrt nach Rom weiß, kann ich keine Stunde mehr warten, sondern fahre vor die Stadt hinaus und halte Wache auf einer Böschung der Straße; ich warte auf ihren blauen Volkswagen. Um sie zu begrüßen. Für den Fall, daß die Fahrerin mich an der Straße nicht sieht, steht mein Wagen startbereit in Richtung ROMA/CENTRO. Es kommen Volkswagen hin und wieder, auch blaue, so daß ich winke. Vielleicht speist sie noch in Siena, RISTORANTE DI SPERANZA, ich habe Zeit. Sie hat mich dann nicht erkannt, aber es dauert nicht lang, bis ich sie einhole; ich sehe ihren runden Kopf von hinten, ihr Haar. Offenbar versteht sie mein Hupen nicht, und es dauert noch eine Weile, bis ich vorfahren kann in der Art, wie die Polizei vorfährt, um einen Wagen zu stoppen, und so ist sie denn auch erschreckt. Ich bin ein Narr und weiß es. Ihre Freiheit gehört zu ihrem Glanz. Die Eifersucht ist der Preis von meiner Seite; ich bezahle ihn voll. Auf der sommernächtlichen Terrasse mit Blick über Rom schlafe ich mit dem Gesicht in der eignen Kotze. Ich leide zur Mehrung meines zärtlichen Verlangens. Wenn sie aber da ist, so ist sie da. Oder täusche ich mich? Was es nie gewesen ist: Ehe als Häuslichkeit in Kleinmut. Was quält mich? Ich sitze in meinem Zimmer und belausche sie nicht, aber ich höre, wie sie am Telefon mit jemand spricht; ihre Stimme ist fröhlich, sie lacht, es wird ein langes Gespräch; ich habe keine Ahnung, wem sie es sagt: Übermorgen fahre ich nach London! ohne zu erwähnen, daß wir zusammen nach London fahren zu meiner Aufführung. Einmal habe ich getan, was man nicht tun darf: ich habe Briefe gelesen, die nicht an mich gerichtet sind, Briefe von einem Mann; sie erwägen die Ehe. Ich schäme mich und schweige. Sie lügt nicht, wenn ich frage. Sie schreibt: Wenn sich zwischen uns etwas ändert, so werde ich es dir sagen. Wieder einmal meine ich, daß ich es nicht aushalte ohne sie. Ich fahre nach Norden, die Strecke, die ich auswendig kenne: zehn Stunden bis Como, wo ich sonst übernachte, aber dieses Mal fahre ich weiter ohne Pause. Sie weiß nicht, daß ich unterwegs bin zu ihr. Ich fahre weiter: bis Airolo, Schweiz, wo es Nacht ist. Vollmond. Eine Fahrt über den Sankt Gotthard müßte jetzt schön sein. Kurz darauf komme ich in dichten Nebel; man muß sich anstrengen, um die Marksteine zu erkennen. Später regnet es. Ob nicht eine Übernachtung im Hospiz vernünftiger wäre, überlege ich, doch ich steige nicht aus. Ich fühle mich gar nicht müde, im Gegenteil. Kurz nach dem Hospiz, als es talwärts geht, fällt der rechte Scheinwerfer aus. Ich stoppe nicht, sondern verlangsame nur die Fahrt. Zwanzig Stundenkilometer, mehr ist einfach nicht möglich, da ich nur noch den linken Scheinwerfer habe und die Marksteine auf der rechten Straßenseite erkennen muß, um zu erraten, wo es weitergeht. Es regnet in Strömen. Ich bin jetzt der einzige Fahrer auf der Strecke, keineswegs erschöpft oder auch nur schläfrig (so meine ich) nach vierzehn Stunden am Steuer allein. Als ich plötzlich einen weißen Markstein nicht zu meiner Rechten sehe, sondern links, weiß ich, daß ich die Straße verfehlt habe, und stoppe scharf. Der Wagen bleibt stehen, etwas vornüber geneigt. Ich steige nicht aus, um nachzusehen, wie der Wagen jetzt über dem Abhang steht; ich schalte auf Rückwärtsgang. Und es geht. Und ich fahre weiter. Sehr langsam. Hin und wieder stoppe ich, um die Scheibe zu wischen. Es bleibt neblig, auch als der Regen nachläßt. In Andermatt ist kein Hotel mehr offen, so scheint es; Mitternacht vorbei. Also fahre ich weiter, nachdem ich endlich geprüft habe, was an Licht noch da ist: der Scheinwerfer links und die beiden kleinen schwachen Standlichter. Ich kann es nicht aufgeben. Ich habe nichts getrunken (1 Campari in Siena, 3 Espressi in Como, 1 Bier in Airolo) und finde mich wohlauf. Die Gegenfahrer protestieren gegen meinen Scheinwerfer; ich kann ihn aber nicht ausschalten und mich darauf verlassen, daß sie die beiden schwachen Standlichter erkennen. Hoffentlich trifft mich nicht die Polizei. Gegen drei Uhr komme ich nach Hause, UETIKON AM SEE. Nichts ist geschehen, überhaupt nichts: Ich komme von Rom! Das ist alles. Ich bin da. Warum ich nicht wenigstens angerufen habe, weiß ich nicht; ich habe nicht dran gedacht, nur gehofft, daß sie da ist. Sie ist da. Das ist vor dreizehn Jahren gewesen. Ingeborg ist tot. Zuletzt gesprochen haben wir uns 1963 in einem römischen Café vormittags; ich höre, daß sie in jener Wohnung, HAUS ZUM LANGENBAUM, mein Tagebuch gefunden hat in einer verschlossenen Schublade; sie hat es gelesen und verbrannt. Das Ende haben wir nicht gut bestanden, beide nicht.

GURNEY'S INN:

die junge Bedienerin, eine andere als gestern, gießt Wasser mit Eisklötzen in die beiden Gläser; Lynn ist noch nicht da, doch weiß er, was zu bestellen ist: MELON, PAN CAKE WITH BACON AND JAM, COFFEE, ihr Sonntagsfrühstück, und jetzt regnet es richtig.

MY LIFE AS A MAN

Nach Jahren sehe ich mich und erkenne mich nicht: – sie befindet sich in der Bircher Benner Klinik, Zürich, und da kommt er, um sie zu besuchen. Er muß warten; offenbar ist man gegen seinen Besuch. Er besteht aber darauf, sie zu sehen und mit ihr zu sprechen. Er hält sich nicht für einen Unmenschen. Als er ins Zimmer tritt, schweigt sie entsetzt. Warum ist sie in dieser Klinik? Sie hat sich selber eingeliefert. Er sieht Blumen und fragt nicht, wer diese Blumen geschickt habe. Er schaut zu, wie die Pflegerin gerade die Blumen von gestern austauscht gegen die Blumen von heute. Er setzt sich nicht auf den Rand des Bettes, sondern steht; in zwei oder drei Stunden muß er am Flughafen sein. Als sie das Bett verlassen will, um sich anzukleiden für einen Spaziergang, bittet sie ihn, damit er sie nicht im Hemd sehe, aus dem Zimmer zu gehen. Er wird nach Amerika fliegen, ja, ohne sie. Das alles weiß sie aus Briefen. Sie kennt Marianne und hat mit ihr gesprochen wie eine große Frau. Er ist gekommen, um Adieu zu sagen im fünften Jahr. Er glaubt nicht ganz an ihre Krankheit. Hingegen glaubt er an die Geschichte mit den Blumen, die sie Tag für Tag bekommt, und das macht ihn nicht eifersüchtig; seine Hörigkeit ist aufgebraucht. So gehen sie im

Wald; eine Stunde, wie der Arzt es verordnet hat. Ihre Nachricht nach Rom, daß sie in einer Klinik liege, hat ihn sehr erschreckt, aber seine Pläne nicht geändert. Sie hofft noch, daß er, wenn er in Amerika ist, eine Einsicht habe und sie nach Amerika ruft; das wäre die Genesung. So wird es seine Schuld sein, wenn sie krank bleibt. Was hat der Arzt denn gefunden? Sie sieht erbarmenswürdig aus. Was sonst, außer viel Ruhe und Diät, hat der Arzt verordnet? Keine Besuche; sein Besuch vor allem wird ihr schaden. Man könnte Arm in Arm gehen, damit beide unter dem Schirm sind. Er weiß nicht, woher er diesen Gang schon kennt, diese Stunde. Was reden? Wie schweigen? Er ist zerstreut; drei Stunden vor dem Flug. Er werde seine Adresse mitteilen usw. Er erinnert sich, ja, früher hat sie einmal von einem älteren Mann erzählt, den sie in Wien gesehen hat, aber nicht gesprochen; wahrscheinlich Jude; sie verstanden einander in einem einzigen Blick, so schien es ihr, und sie floh wie vor einem Schicksal. Es ist rätselhaft: dieser Fremde ist dagewesen, ja, in der Klinik. Zufällig. Sie haben sich im Korridor wiedererkannt; dann hat er mit ihr auch diesen Spaziergang gemacht. Sie sagt aber seinen Namen nicht, auch sonst nicht viel. Alles sehr rätselvoll. Von diesem Fremden also kommen täglich die Blumen, immer die gleichen: 35 Rosen. So sagt sie, und er glaubt es gerne; sie wird, wenn er weggeht, nicht allein sein. Und Du, sagt sie ein halbes Jahr später in Rom, bist nach Amerika geflogen, als ich in der Klinik lag, und hast mich nicht nach Amerika gerufen. Du hast nicht einmal verstanden, daß ich mir diese Blumen selber geschickt habe, damit Du mich rufst.

denn was sollen sie nach dem Frühstück machen. Spazieren mit Schirm? Pingpong? Man könnte auf der Loggia sitzen und schauen, wie es ins Meer regnet ... Dann irritiert es ihn, daß Lynn, da sie die Reservation besorgt hat, ungefähr weiß, was er da bezahlt für zwei Übernachtungen. Sie sitzt schon im Wagen. Er zahlt fast das Doppelte ihres Wochenlohnes: Männergeld, das unter ehelichen Umständen so selbstverständlich wird ... Wenn er Lynn von der Seite anschaut (nie ganz ohne Vorwand; er gibt Feuer dabei oder tut, als müsse er die Landschaft gesehen haben, die Dünen, die Baracken, die Maste): Lynn am Steuer, Blick meistens gradaus, entweder hat er sich daran gewöhnt, daß ihre Lippen tagsüber spöttisch sind, oder ihre Lippen haben sich verändert. Ein Mal, vorgestern bei Tisch, ist Lynn verletzt gewesen. Warum? Wenigstens hat er es bemerkt und sie gefragt, er hat es aber nicht herausgefunden. Mißverständnis? Man fährt dieselbe Strecke zurück. Vermutlich hat auch sie etwas gebangt, dieses Wochenende könnte mißglücken. Jetzt ist es nicht mehr nötig, Bangnis zu überspielen. Es stellt sich heraus, daß er seinen Tabakbeutel verloren hat; Schweigen ohne Pfeife im Mund. Man weiß wenig voneinander und zuviel, um das Gespräch ganz spielerisch halten zu können. Noch weiß er nicht einmal, wo Lynn verletzlich ist und was zum ersten Zerwürfnis führen müßte. Übrigens scheint Lynn nicht mehr daran zu denken; ein Mal ist kein Mal. Er braucht eine Ehe, eine lange, um ein Monster zu werden.

heißt also der kleine Ort, wo er gestern beschlossen hat, dieses Wochenende zu erzählen: autobiographisch, ja, autobiographisch. Ohne Personnagen zu erfinden; ohne Ereignisse zu erfinden, die exemplarischer sind als seine Wirklichkeit; ohne auszuweichen in Erfindungen. Ohne seine Schriftstellerei zu rechtfertigen durch Verantwortung gegenüber der Gesellschaft; ohne Botschaft. Er hat keine und lebt trotzdem. Er möchte bloß erzählen (nicht ohne alle Rücksicht auf die Menschen, die er beim Namen nennt): sein Leben.

ICH PROBIERE GESCHICHTEN AN WIE KLEIDER

Immer öfter erschreckt mich irgendeine Erinnerung, meistens sind es Erinnerungen, die eigentlich nicht schrecklich sind; viel Bagatellen, nicht wert, daß ich sie erzähle in der Küche oder als Beifahrer. Es erschreckt mich nur die Entdeckung: Ich habe mir mein Leben verschwiegen. Ich habe irgendeine Öffentlichkeit bedient mit Geschichten. Ich habe mich in diesen Geschichten entblößt, ich weiß, bis zur Unkenntlichkeit. Ich lebe nicht mit der eignen Geschichte, nur mit Teilen davon, die ich habe literarisieren können. Es fehlen ganze Bezirke: der Vater, der Bruder, die Schwester. Im vergangenen Jahr ist meine Schwester gestorben. Ich bin betroffen gewesen, wieviel ich von ihr weiß; nichts davon habe ich je geschrieben. Es stimmt nicht einmal, daß ich immer nur mich selbst beschrieben habe. Ich habe mich selbst nie beschrieben. Ich habe mich nur verraten.

fragt Lynn, weil es regnet … Ein Zug von Trübsinn, den fast jedes Foto zeigt, mißfällt mir seit eh und je. Das kommt von einer Lähmung der Augenlider, was zudem, ich weiß, einen Ausdruck von Suffisance ergibt. Die Lähmung der Augenlider kommt daher, daß ich als Bub, als ich die Masern hatte und im Halbdunkel liegen sollte, insgeheim mit Hilfe einer Taschenlampe stundenlang unter der Bettdecke gelesen habe, DON QUIXOTE. Später wurden die Augenlider behandelt zwei Mal wöchentlich; der Augenarzt stülpte die Lider auf und pinselte die Innseite mit einer braunen Tinktur, das tat weh, Quittung für Ungehorsam, es brannte höllisch, nachher mußte ich mit verbundenen Augen eine Stunde lang im Wartezimmer sitzen. Die Behandlung hat wenig geholfen. Diese Augenlider (als sei der Blick stets gesenkt: mißtrauisch, spöttisch) gehören zu meiner Physiognomie – ich habe als Schüler erfahren, wie sie den einen und andern Lehrer verdrossen hat: ein mäßiger Schüler und eine solche Arroganz. Ich habe nie genau gewußt, was dieses Wort heißt; etwas Schlechtes jedenfalls, etwas Verwerfliches. Setz dich! Das ist lang her; später heißt es nicht mehr: Setz dich! Die Physiognomie aber ist geblieben, ihre Wirkung; ich erfahre davon, wenn jemand bei näherer Bekanntschaft sich wundert, daß ich eigentlich nicht arrogant sei. Diese Entdeckung erleichtert den andern mehr als mich. Ich sehe daraus: ich muß auf der Hut sein, ich muß besonders bescheiden sein. Ein natürlicher Stolz, ausgesprochen mit dieser meiner Physiognomie, muß als Arroganz erscheinen. Also gebe ich mich jovial-bescheiden, und wenn der andere darauf nicht eingehen mag, so betreibe ich Selbstbezichtigung –

NO, sagt er, I AM FINE.

Der Regen verdrießt ihn nicht. Er ist froh um jede Gegenwart. Jetzt das Hin und Her der beiden Scheibenwischer. Er achtet auf alles, was grad zu sehen ist. Er will keine Memoiren. Er will den Augenblick. Die Landschaft, jetzt in diesem Augenblick, ist ziemlich öde; er schaut trotzdem. Er sieht ihren Fuß auf dem Gashebel, einen beschädigten Schuh, ihre rechte Hand am Steuer, eine schmale Hand, das Hin und Her der Scheibenwischer. Er vermißt nichts; er ist dankbar für dieses Wochenende, das noch nicht vergangen ist.

BRETAGNE:

Reise zu dritt im kleinen Morris, ich sitze die ganze Zeit hinten. Warum soll ich die Fahrfehler machen, die falsche Route vorschlagen? Ich sage nichts; keine Rüge, wenn sie sich verfährt: ORLY statt ORLEANS, kein Unglück, ein Umweg von einer Stunde, nur kann ich nichts dafür; das macht sie nervös. Ich bin ein Ekel, ich weiß; ich schaue in die Landschaft und brauche mich nicht zu bezichtigen, sondern rede (zum Beispiel) über Peter Handke, WUNSCHLOSES UNGLÜCK, ein Text, der mir Eindruck macht. Ihre Rügen, wenn ich am Steuer sitze, sind zuweilen berechtigt; ich brauche Urlaub, ich möchte drei Wochen lang keinen Fahrfehler machen, sondern Frankreich sehen. Ein französischer Gendarm, der mit strikter Miene kommt und ihren Ausweis verlangt, dann fragt, ob sie das Rotlicht nicht gesehen habe, erweist sich, nachdem er die Fahrerin besichtigt hat, als Kavalier: MADAME, sagt er ohne ein Zuviel an Charme, was die beiden Männer im Morris desavouieren könnte, und mit der Hand an seiner steifen Mütze: BON VOYAGE! und wir kommen ans Meer, MONT SAINT MICHEL, bei Ebbe. Wanderung im Schlick weit auseinander. Schwierig für den lieben Freund, so denke ich, mit einem hundstraurigen Paar. LA DOUCE FRANCE. Ein Mittagessen, ein einfaches, aber köstlich; unser Freund, der Komponist, berichtet über die alten Kelten so klug wie über München. Nun möchte sie doch eine Zigarette, aber da sie eigentlich nicht mehr raucht, habe ich keine Zigaretten bei mir; sie fragt den Freund. Er greift in die Tasche und legt sein Päckchen hin, damit sie sich bediene. Das tut sie. Ich höre ihm zu. Ihr Blick zu mir: ob ich nicht sehe, daß sie auf Feuer wartet. Ich frage ihn, ob er Streichhölzer habe. Streichhölzer? Die habe er: in seiner linken oder rechten Manteltasche, sagt er, ohne sich ablenken zu lassen von seinem Teller, und ich brauche nur aufzustehen von unserem Tisch, um seine Streichhölzer zu suchen in seiner linken oder rechten Manteltasche. Warum ich lache? Nämlich ich habe Streichhölzer und brauche nicht aufzustehen, ich gebe Feuer; ihr Blick nicht ohne Verweis: Was soll das! Er ist unser treuer Gast seit Jahren, genußfroh bei Tisch, ein bester Anreger auch auf der Reise. Später im Wagen frage ich, ob er es wisse, warum er mich zu seinem Butler macht. Ein Beispiel für viele. Es wird peinlich; er versteht nicht, was los ist, und sie ist bestürzt über mich, ich werde unzumutbar:

DU KRÄNKST ALLE UNSERE FREUNDE!

und dann meine Empfindlichkeit, wenn ich mich nicht bezichtige und mit Zensuren bedient werde spätestens unter vier Augen, meine krankhafte Empfindlichkeit als Kehrseite der Selbstbezichtigung, die eine Kehrseite der Selbstherrlichkeit ist: als hätten nicht die andern darüber zu befinden, welche Schwächen ich habe, welche Fehler ich mache.

SUNRISE HIGHWAY:

da sie ihre Office-Arbeit nicht am Strand erledigt hat, bittet Lynn, daß er sich ans Steuer setze. Sie liest jetzt. Er fährt gerne, wenn man ihm Vertrauen schenkt, und offensichtlich tut sie das; sonst könnte Lynn ja nicht lesen. Eine fast schnurgerade Straße, also langweilig, wenn es nichts zu überholen gibt. Dann überlegt er im Stillen, was sie in Manhattan machen werden: Sonntagnachmittag, Regen, ihr kleines und vergittertes Apartment.

MAX, YOU ARE WRONG

sagt die junge Fremde, und er verträgt das wie ein natürlicher Mensch, ein gesunder Mensch, ein vernünftiger Mensch – das erleichtert mich, denn ich habe es ihm kaum noch zugetraut ... Er hört es nicht als Verweis. Er sieht es ein, daß er links einspuren muß, und tut's einfach, sagt dazu nicht: SORRY! um dann verdrossen zu schweigen. Er nimmt es als kleine Hilfe, nicht als Tadel. Neulich hat er gesagt: ALICE IN THE WONDERLAND, es heißt: ALICE IN WONDERLAND, das weiß er eigentlich; er zuckt nicht zusammen, wenn Lynn, die das Buch übrigens nie gelesen hat, ihn verbessert, und seine Begeisterung nimmt deswegen keinen Schaden. Er nimmt es nicht als Zensur. Sein Irrtum gestern, als er am Strand einen blauen Sonntag vorausgesagt hat, ist keine Schlappe; sie bedauern bloß beide, daß es heute regnet. Wenn Lynn sich über die Einwohnerzahl von Berlin irrt, so sagt auch er: YOU ARE

WRONG, er sagt es unbefangen; keine Revanche, daher braucht er seine Berichtigung nicht abzufedern, nicht zu sagen: I THINK YOU ARE WRONG. Es kommt vor, daß beide etwas nicht wissen, zum Beispiel wann die letzten Indianer auf dieser Insel gelebt haben. Hin und wieder sagt auch Lynn: ARE YOU SURE? aber er muß sich nicht beherrschen deswegen; eine natürliche Frage. Wenn sie's dann besser weiß, so ist er zufrieden; das spart Zeit oder Kosten, einen Umweg, eine falsche Hoffnung. Ist er aber sicher, zum Beispiel wann das Whitney Museum geöffnet ist, so macht ihn ihre Frage nicht gereizt; man könnte ins Whitney Museum gehen und vor der Malerei stehen, ohne sich selber auf die Nerven zu gehen, ohne einen faden Nachgeschmack von Rechthaberei. Er ist nicht gespannt, wann ihm sein nächster Fehler unterläuft; er fühlt sich nicht im Examen. Ein Mal, im Central Park, ist Lynn auf einem schwarzen Felsen ausgerutscht; als er sich entschuldigt, sagt sie: ARE YOU CRAZY? – noch hat er sie nicht verwöhnt durch seine Selbstbezichtigungen ... Lynn am Steuer (vor einer halben Stunde) ist nicht auf seine Frage eingegangen: Wieso ist es einer fremden Landschaft anzusehen, daß heute Sonntag ist? Jetzt erst erkundigt sich Lynn, ob er's herausgefunden habe. Auch er hat inzwischen an anderes gedacht:

Wir haben gehört, wie Neruda liest.

Jetzt ist es zu spät für meinen Chile-Besuch.

Morgen (Montag) ist noch einiges zu erledigen, Bücher sind auf die Post zu bringen, damit das Gepäck kein Übergewicht hat, und einige Leute sind anzurufen, Freunde vom letzten

Mal, die ich vernachlässigt habe, alle fragen nach Marianne und wann wir wiederkommen.

DID YOU HAVE A GOOD TIME?

Beide haben gearbeitet, das kann ich sagen, auch Ferien gemacht; einmal in London und einmal in der Bretagne. Alles in allem Glück mit der Gesundheit. London wäre die Stadt. Aber nun haben wir eine Wohnung in Berlin. Der Fluglärm tagsüber; man hat sich daran gewöhnt und das Ohr unterscheidet, ob es der Lärm einer sinkenden oder einer steigenden Maschine ist; die sinkenden Maschinen haben das Fahrgestell bereits ausgeklappt, wenn sie über der Allee erscheinen; die steigenden Maschinen, vom gleichen Fenster aus zu sehen über der gleichen Allee, fliegen höher und meistens mit den vier Düsenrauchschwänzen, ihr Lärm ist schriller, kein Pfeifen wie bei den sinkenden Maschinen, sondern ein Schmettern in der Luft zwischen den Häusern. Es beginnt um sieben Uhr morgens; die gute Zeit, um aufzustehen und in die Küche zu gehen, dann an den Schreibtisch. Je älter ich werde, um so weniger halte ich mich aus, wenn ich nicht arbeite. Ich schreibe: Erinnerungen an die Zeit beim Militär, eine Rede über die Heimat, einen Offenen Brief an den Bundesrat wegen der Flüchtlinge aus Chile. Wenn draußen die Sonne scheint, so sind die weißen Lamellen zu verstellen; dann blendet es nicht; eine milde Helle. Unser zweiter Winter in diesem Berlin, das zweite Frühjahr. Das Fest zu deinem Geburtstag ist gelungen; mein Schreibtisch als kaltes Buffet; so viele kluge Freunde und Tanz. Der Alltag mit Büchern, manchmal mit Blumen. Die Wohnung ist nicht überfüllt worden; keine Teppiche, ich höre Schritte auf dem Parkett (nicht nur Schuhe) im sogenannten Berliner Zimmer, dann weiß ich: Du kommst, um Guten Tag zu wünschen, barfuß –

Was machen wir zusammen falsch?

Auf dem Schiff nach Europa (der Kurs wird dieses Jahr eingestellt) spiele ich Schach viele Stunden am Tag. Du bist lieber allein auf Deck, vom Steward in Decken gepackt und allein in deinen Gedanken, oder wenn es auf Deck zu windig ist, lieber allein an der Bar. Ich spiele Schach gegen mich selbst; meistens verliere ich, das heißt, ich identifiziere mich mit der verlierenden Farbe, wenn es plötzlich zum Matt kommt, ohne Diskussion. Wenn ich mich auf die andere Seite des kleinen grünen Tisches setze, bevor die Entscheidung auf dem Brett gefallen ist, so bin wieder ich es, der verliert. Was ja einerlei ist! Ich habe nur nicht wissen können, woher das kommt.

BUT WHERE ARE YOU TODAY? PROBABLY OUT WITH YOUR HUSBAND FOR A WALK. ... DO YOU THINK HE HAS NOTICED? WHAT FOOLISHNESS! IT IS AS OBVIOUS AS A BUMPER STICKER, AS OBVIOUS AS AN ABDICATION. ... I HAVE SPENT MANY MESSAGE UNITS SEEKING YOUR VOICE, BUT I ALWAYS GET FREDERICK INSTEAD. WELL, FREDERICK, I ASK CORDIALLY, WHAT AMAZING TRIUMPHS HAVE YOU ACCOMPLISHED TODAY?

Wie rasch Vergangenheit zustande kommt: – die Gestalt der jungen Fremden auf dem Pfad durch das Gestrüpp, OVERLOOK, das ist gestern gewesen.

EXIT 35

Er sieht die grünen Schilder.

NO LEFT TURN

Lynn liest.

EXIT 29

Hat er geschlafen inzwischen?

MAX, YOU ARE A FORTUNATE MAN

sagt Lynn, nachdem er, um nicht über Meilen hin zu schweigen, wieder einmal die Geschichte erzählt hat, wie ich das Gast-Apartment der Marlene Dietrich bekommen habe, 1963, eine wahre Geschichte zum leichten Lachen ... Er ist diese automatische Schaltung nicht gewohnt. Es ist kinderleicht; er fährt schon zwei Stunden oder länger, man sieht bereits die grauen Umrisse von Manhattan und wieder diesen endlosen Friedhof bei Queens, als sein linker Fuß vergessen hat: Keine Kupplung, das ist die Bremse, und es ist ein Glück, daß Lynn sich angeschnallt hat; ein zweites Glück, daß der Fahrer des nächsten Wagens grad noch ausscheren kann vor dem plötzlich gestoppten Ford ... Das wäre es: zwei Verkehrstote, eine junge Amerikanerin (die genauen Personalien) und ein älterer Schweizer (die genauen Personalien), ihr Wochenende an der Küste wäre erzählbar, unser Wochenende.

Jetzt fährt wieder Lynn.

Er sitzt schweigsam, etwas erschreckt: WENN DU DIE KINDER UNSERER BESTEN FREUNDE UND IHREN KLEINEN HUND NICHT MEHR VERTRÄGST, SO KÖNNEN WIR GLEICH IN EIN ALTERSHEIM EINZIEHEN! und wenige Sekunden später bekommt sie recht: ich überfahre die Bundesallee (Berlin) bei Rotlicht.

Es ist immer noch Sonntag.

Die jüdische Braut aus Berlin (zur Hitler-Zeit) heißt nicht HANNA, sonder Käte, und sie gleichen sich überhaupt nicht, das Mädchen in meiner Lebensgeschichte und die Figur in einem Roman, den er geschrieben hat. Gemeinsam haben sie nur die historische Situation und in dieser Situation einen jungen Mann, der später über sein Verhalten nicht ins klare kommt; der Rest ist Kunst, Kunst der Diskretion sich selbst gegenüber ... Wie ist es wirklich gewesen? – es ist merkwürdig, wo es mir gelegentlich einfällt: am Bahnhof Friedrichstraße, wenn ich den DDR-Beamten meinen Paß vorlege und sehe, wie sie mich mustern, ihre Miene dabei. Ich verwechsle sie nicht mit dem Nazi-Beamten, der am Badischen Bahnhof in Basel, 1937, mich mustert: JOURNALIST? und nachdem ich nicht ohne jugendlichen Berufsstolz genickt habe: UND DIESE JÜDIN LIEFERT IHNEN ALSO DIE GREUELGESCHICHTEN! Ich beschwöre sie auf dem Bahnsteig: Fahr nicht nach Deutschland zurück! Sie will aber; ihre Eltern sind in Berlin. Ich halte sie noch auf dem Trittbrett: Bleib hier! Jugendliebe unter einem Überdruck von Gewissen. Sie ist meine erste Partnerin; wir wohnen nicht zusammen, aber wir treffen uns jeden Tag. Sie ist Studentin. Unser Liebestun ist anfängerhaft-kenntnislos-romantisch, während in Nürnberg die Rassengesetze verkündet werden. Nicht ein Mal in fünf Jahren auch nur die heimliche Versuchung zu einer Untreue. Sie möchte ein Kind, und das erschreckt mich; ich bin zu unfertig dazu, als Schreiber gescheitert und am Anfang einer andern Berufslehre, um kein Taugenichts zu bleiben. Besuch bei den Eltern in Berlin-Lankwitz; der Papa, ein kleiner weißer Herr, führt mich durch das Museum, wo ihn, der dieses Museum eingerichtet hat, ein alter Wärter gemütlich grüßt: HEIL HITLER, HERR GEHEIMRAT. Unterwegs sehe ich die Stürmer-Schaukästen, Bilder von jüdischem Ritualmord an arischen Kindern. Ich gehe ins Theater: ohne die Braut, denn sie ist unerwünscht. Ein andermal sehe ich einen braunen Aufmarsch und höre den Chor: JUDA VERRECKE! das sagen sie wirklich; ich stehe Unter den Linden, frech vor Angst, und hebe meinen ausländischen Arm nicht. WARTE NUR! ruft ein SA-Mann, und einige in der Kolonne drehen sich um. In Nürnberg, wo ihre Mutter herkommt, will sie mir das Bratwurstglöckl zeigen; sie bemerkt das Schild nicht: JUDEN UNERWÜNSCHT. Es geschieht nichts, da sie nicht die Nase hat; nur kann ich hinter diesen Butzenscheiben gar nichts essen. Später in der Eisenbahn (ich erinnere mich: wir stehen, um allein zu sein, auf der Plattform des hintersten Wagens, Blick auf das perspektivische Schwinden der Gleise) sagt sie: DU DARFST NICHT SCHLECHT ÜBER DEUTSCHLAND DENKEN. Dann bin ich bereit zu heiraten, damit sie in der Schweiz bleiben kann, und wir gehen ins Stadthaus Zürich, Zivilstandesamt, aber sie merkt es: das ist nicht Liebe, die Kinder will, und das lehnt sie ab, nein, das nicht. Später finde ich in ihrer Mappe eine kleine Waffe, keinen Revolver, ein vernickeltes Pistölchen, aber versehen mit Munition; das stehle ich ihr. Will ich kein Kind, weil sie eine Jüdin ist? Als ich nicht mehr weiß, was wahr ist in mir, gehe ich in den Wald, um zu denken, und ich glaube mir selber nichts mehr, was ich denke; ich werfe auf den Boden eine Münze: Kopf oder Schrift? Wie der Wurf, Befragung des Orakels, ausgefallen ist, weiß ich nicht mehr. Sie sagt es: DU BIST BEREIT MICH ZU HEIRATEN, NUR WEIL ICH JÜDIN BIN, NICHT AUS LIEBE. Ich sage: Wir heiraten, ja, heiraten wir. Sie sagt: Nein. Ihr Onkel in Kairo, der die Nofretete ausgegraben hat, kann es wirtschaftlich ermöglichen, daß sie in Basel studiert; ich bleibe in Zürich. Ihre Eltern, sehr deutsche Juden, die Hitler-Worte nie auf sich bezogen haben, sind 1938 noch herausgekommen und wurden über neunzig Jahre alt.

SUPERMARKT

Lynn hat noch einiges einzukaufen für Montagabend. Sie achtet auf Preise, mustert und legt wieder zurück. Er kann da nicht helfen, und lungert zwischen den Gestellen, mustert die Leute; SILENT MAJORITY, nicht arm, aber grau. ES IST SCHADE UM DIE MENSCHEN, sagt Indra's Tochter, dabei sind die Gestelle voll; Gemüse, Früchte, anderswo Dosen aufgereiht wie Munition; kein Mangel. Er liest die Preise, um sie zu vergleichen mit den Preisen zu Hause; er weiß die Preise zu Hause nicht mehr. Das beschämt ihn. MAY I HELP YOU? Frage einer schwarzen Bedienerin. Dann fragt Lynn, ob er grüne oder schwarze Oliven mag. Sie ist ziemlich zerstreut, nicht hastig. Es ist Sonntag und Nachmittag. Wenn er einkauft, Ware aus den Gestellen nimmt und sie in den kleinen

Drahtwagen legt, so geht es geschwind und nach Laune; Lynn muß rechnen, und er ist froh, daß Zeit vergeht. Sie ist froh, daß jemand wartet, um nach der Kasse die vollen Säcke zu nehmen und zum Wagen zu tragen. So weit ist es aber noch lang nicht. Sie sucht noch ein Gewürz. Er hat Zeit. Es ist für sie nicht selbstverständlich, daß da jemand wartet. Er steht und liest die Zeitung. Als er aufschaut, ist Lynn im Gedränge verschwunden, nicht zu sehen. Wie sieht sie aus? Dann erkennt er sie an ihrem hellen roten Haar von hinten; er ist eine Weile gespannt, wie wenn man auf der Straße oder im Museum eine fremde Gestalt von hinten sieht: es gäbe zu dieser Gestalt verschiedene Gesichter. Es wird kein leeres Gesicht sein; soviel weiß er. Als sie mit dem Drahtkorb in der Reihe vor der Kasse steht, gibt sie einen Blick, ein Lächeln; dann gibt sie zwei Scheine, vermutlich Zehn-Dollar-Scheine, zählt nachher die kleineren Scheine, die Münzen, die sie zurückbekommt, ganz genau. Ihr Einkauf ist nicht üppig, ein einziger Sack genügt, er nimmt ihn auf den linken Arm.

MONEY

Der grüne Gas-Automat in der Diele, die Mutter muß immer einen Zwanziger einwerfen, damit am Herd die Flamme kommt, und dann ist das Gas plötzlich wieder weg, und es braucht viele Zwanziger, wenn etwas lang kochen muß; da hilft es nichts, daß der Vater, wenn er spät in der Nacht heimkommt, vielleicht noch einen Zwanziger in der Tasche haben wird. Das städtische Gaswerk gibt uns keinen Kredit. Seit wann weiß ich, was Geld ist? Der grüne Gas-Automat hat mich gelehrt: Was wir uns nicht leisten können, das kommt uns nicht zu. Wenn ich mit einem Mädchen in einem gemieteten Segelboot sitze und der Wind bleibt aus, so daß es mehr als eine Stunde wird, und ich weiß, daß ich diese Flaute nicht bezahlen kann, so ist das nicht Armut, nur peinlich. Ein Velo, ein rotes Rennrad, das beim Händler steht, davon träume ich jahrelang. Ich weiß: Das steht mir nicht zu. Das kann mein Vater nicht kaufen. Oft macht es ihm schon Kummer, wenn ich Lehrbücher kaufen muß, ein Reißzeug. Ich erinnere mich an die stete Angst meiner Mutter vor der Pfändung. Wenn dem Vater aber ein Geschäft gelungen ist, eine Liegenschaftsvermittlung, so mag er nicht bloß Schulden zahlen, er liebt Gesten: eine goldene Brosche für die Mutter! Er versteht sich nicht aufs Sparen, so müssen wir es lernen. Ich erinnere mich an die Sensation, daß man Kaffee machen kann aus Eicheln. Mein Bruder bekommt eine Geige, das finde ich in Ordnung: er ist musikalisch und älter. Es ist der Ehrgeiz von Vater und Mutter, daß wir Akademiker werden, Studium nach eigner Wahl. So werde ich Student der Germanistik; ein liebenswürdiger Professor verschafft mir ein Stipendium, damit ich weiter studieren könne nach dem Tod des Vaters: 800 Franken im Jahr. Ich schreibe über Eishockey, über festliche Umzüge, über Café-Cabaret, über die jungen Schwäne auf der Limmat etc., Honorar nach Zeilenzahl. Für ein erstes großes Honorar von 20 Franken schreibe ich einen Dankesbrief an die Zeitung. Wenn ich den monatlichen Mietzins pünktlich bezahlen kann, so komme ich mir unabhängig vor. Es kommt mir nicht in den Sinn, im Schaufenster lang zu betrachten, was ich mir nicht leisten kann, eine gute Kamera zum Beispiel; keinesfalls wage ich es, einmal in den Laden zu treten und eine solche Kamera in meine Hände zu nehmen. Ich gelange bis Istambul und nach Griechenland, wo ich im Freien übernachte. In Istambul gibt es einen Schweizerklub; wenn mich die Herren fragen, ob ich zu Mittag gegessen habe, lüge ich und sage Ja, dankbar für den schwarzen Kaffee mit viel Zukker. Geld als Tauschmittel; man hat es oder man hat es nicht, im übrigen ist es kein Thema. Was wichtig ist: keine Schulden. Der Vater ist mit Schulden gestorben. Pfändung droht. Mein älterer Bruder, Chemiker und eben verheiratet, übernimmt die Schuld, die er langsam abstottert, um der Mutter diese Schande zu ersparen. Ich habe nie Schulden gemacht, ausgenommen ein Mal: meine erste Schreibmaschine, REMINGTON PORTABLE, eine Occasion, kostet 150 Franken, ich kann aber nur 50 Franken anzahlen. Ich weiß, daß ich den Rest nie bezahlt habe … Ich erinnere mich, wann das Geld zum ersten Mal eine große Rolle gespielt hat. Ich habe eine Freundin, eine Welsche, etwas älter als ich; sie verdient ihren Unterhalt durch Privatstunden. Ich bin noch Student und wohne mit der Mutter. Es stört mich nicht, von einer Geliebten eingeladen zu werden. Hin und wieder bringe ich eine Flasche Wein, das Fleisch aber hat sie gekauft. Jemand habe gefunden, sie brauche Erholung, und möchte ihr zu diesem Zweck fünfhundert Franken schenken. Ich habe nichts dagegen, denn es soll ein feiner Mensch sein. Als ich als Soldat wieder einmal auf Urlaub komme, empfängt sie mich nicht mehr. Es sind ihr die Augen aufgegangen, sagt sie, betreffend meine Männlichkeit. Ich verstehe alles nicht. Kurz darauf heiratet sie einen Industriellen. Umgekehrt bin ich lebenslänglich nie auf den Verdacht gekommen, daß ich eine Geliebte gewonnen habe durch Geld; dazu bin ich als Mann zu eitel. Mein erster Lohn als Architekt: 350 Franken im Monat, dann 500 Franken; das reicht auch zu dieser Zeit knapp für eine Familie mit Kind.

August 1943	Einnahmen	/Ausgaben
Wettbewerb 1. Preis	3000,–	
Lohn bei Prof. Dunkel	490,–	
für Mama		500,–
Festessen Kollegen		60,–
mit Trudy		15,–
Hemden		34,–
Haushalt		350,–

September 1943	Einnahmen	/Ausgaben
Velo für mich		352,—
Zeichenware		40,—
Zeichentischböcke		33,—
Buchbinder		7,50
Taschengeld in Militär		50,—
Haushalt		350,—
Lohnausgleichskasse	190,96	
Honorar Verlag	32,—	
Schweizer Rundschau	20,—	
Büro-Stempel		42,—
Konzert mit Trudy		14,—

Die Idee, daß der Lohn sich nach den Bedürfnissen bemessen sollte, ist mir nicht geläufig. Man muß eben nach seinem Einkommen leben. Ich sehe es einem Restaurant einfach an, daß es ein Restaurant für andere Leute ist; ich brauche nicht einmal das Menü an der Türe zu lesen, um zu wissen: Da passe ich nicht hin, selbst wenn ich grad das Geld in der Tasche habe. Eine Folge von Geldmangel kann ich nicht vergessen, denn ich trage sie im Mund, meine Zähne. Zu der Zeit des ersten Studiums, als ich meinen Unterhalt verdiene mit Zeilenhonorar, fehlt das Geld für einen richtigen Zahnarzt;

Studenten der Zahnheilkunde üben sich an meinen Zähnen und erlernen die Wurzelbehandlung, gratis. Die Folgen zeigen sich später, als auch Geld nichts mehr retten kann. Lange Zeit, bis zum dreißigsten Lebensjahr, habe ich keine Reichen kennengelernt, abgesehen von W., meinem Schulfreund und Förderer; ich habe Reichtum nur von außen gesehen und ohne Vorstellung, woher er kommt, und ohne Neid. Eine Villa mit Park wäre nichts für mich, dafür muß man geboren sein. Es ist nur ein Mal vorgekommen, daß ich Hunger habe, weil ich ohne Geld bin, und nur drei Tage lang, 1933 in Prag; ich habe noch eine tschechische Krone und schaue in die Schaufenster der Bäckereien, um jedes Mal festzustellen, daß ich doch keinen Hunger verspüre; ich weiß bloß nicht, was ich anfangen soll mit diesen Tagen, es interessiert mich kein Museum, die ganze Stadt nicht. 1942 heirate ich eine Architektur-Kollegin, weil ich sie liebe, Tochter aus großbürgerlichem Haus, Gertrud Constanze v. Meyenburg. Der Verdacht der Freunde, daß ich Geld heirate, berührt mich nicht; ihr Elternhaus, ein großes Landgut, verbindet herrschaftliche Würde mit Sparsinn. Die Braut bekommt ihre Aussteuer, wie es der Brauch verlangt, Möbel und Wäsche für ein Leben und Silber; der Bräutigam hat das Küchenzeug zu liefern. Ferner bekommt sie ein Hochzeitsfest, wie es die Familie sich schuldet (ich trage zum ersten und letzten Mal einen Frack) und einen Vorschuß auf ihre Erbschaft. 120000 Franken, soviel ich weiß. Ob ich davon hätte abheben können, weiß ich nicht; jedenfalls habe ich es nie getan. Solche Summen stehen mir nicht zu. Mein Einkommen ist zu dieser Zeit ordentlich; es reicht für Miete und Haushalt. Ein Kinderfräulein allerdings zahlt sie aus ihrem Konto, und ich finde, dazu sei ihr Konto da; ein Säugling ist mühsam. Es sei nicht vergessen: als ich ein eigenes Architektur-Büro gründe, erhalte ich zwei Räume in einem alten Haus, das einer Tante gehört, ohne Mietzins. Auch der Schwiegervater ist hilfsbereit; er versteht, daß ich das Stück, das als erstes in Zürich aufgeführt worden ist, gerne gedruckt sehen würde, und als mein damaliger Verleger, Martin Hürlimann, es nicht ohne Druckzuschuß zu drucken wagt, will mir der Schwiegervater die tausend Franken schenken. Ich bin nur zu stolz; zu dieser Zeit halte ich mein Stück (NUN SINGEN SIE WIEDER) für ein bedeutendes Stück, das ohne Zuschuß gedruckt zu werden verdient. In späteren Jahren, als wir einmal am Sonntag auf das elterliche Landgut fahren, um mit den Kindern zu baden im See, sind die Schwiegereltern nicht da; wir lassen uns von der Köchin ein kaltes Picnic geben und genießen den Tag; danach erhalte ich einen Brief von ihrem Vater, einen strengen und ernsten Brief: das dürfe nicht wieder vorkommen, sein Haus sei kein Hotel. Es kommt auch nie wieder vor. Das ist nicht Geiz, sondern Stil. Ich erinnere mich an einen Fall von Geiz: ein sehr reicher Kunsthändler (Europäer) in Berkeley, dessen Gast ich einige Tage lang bin, zeigt dem Neuling in Amerika, wie man im Bus die nötige Münze in den Apparat wirft, welche Münze; als ich's gesehen und für alle Zukunft begriffen habe und danke, erbittet er sich die Münze von mir zurück, ONE DIME. Ich habe wenig in die erste Ehe gebracht, eine Couch, eine Decke zu dieser Couch, die Schreibmaschine, Bücher, einen Schreibtisch aus dem Brockenhaus, einen kleineren Teppich, zwei Zeichentische auf Böcken, eine Lampe etc. und zudem bin ich der schuldige Teil, als es nach dreizehn Jahren zur Trennung kommt, zur Scheidung der Habe. Eine Goethe-Gesamtausgabe in sanftem Leder gehört ihr, das weiß ich; ein Geschenk vom Vater. Ein Band in derselben

Ausgabe ist zweifach vorhanden, DICHTUNG UND WAHRHEIT, und so frage ich, ob ich diesen Einzelband nehmen dürfe; sie hat recht: auch dieser Einzelband gehört ihr. Nachträglich verstehe ich den Schwiegervater, der auf meinen schmerzlichen Brief mit der Mitteilung, daß die Ehe mit seiner Tochter nach zwölf Jahren gescheitert sei, nur die Frage gestellt hat, ob ich mir denn die Scheidung finanziell leisten könne. Als ich eine Fahrschule besuche und mein erstes Auto kaufe, einen VW, bin ich 48. Einige Jahre lang habe ich keine Übersicht: in Rom spare ich nicht, in Zürich schon eher; in der Fremde habe ich eher das Gefühl, es stehe mir zu, was ich zahlen kann. Zum Beispiel eine Wohnung in Parioli, Miete monatlich 2000 Franken. In meiner Kleidung verändert sich nichts. Ich brauche nicht zu rechnen, das ist das Neue. Was brauche ich? Es scheint, als spiele das Geld jetzt keine Rolle mehr, überhaupt keine. Zum Glück gibt es Kollegen, die vermutlich noch größere Einkünfte haben als ich, darunter gute Schriftsteller. Was ich mir jetzt ohne Zögern leiste: eine sehr schöne Pfeife, zwei sogar, sowie Bequemlichkeiten im Alltag und was Zeit erspart, Flüge statt lange Reisen mit der Bahn, Taxi zum Flughafen. In Rom haben wir Pina, die ihr Leben lang bei Aristokraten gedient hat. Ich bringe es nicht über mich, die Klingel zu drücken, wenn wir Eis brauchen aus dem Kübel nebenan; lieber stehe ich auf und bediene die Gäste und mich. Ich werde kein Aristokrat. Einmal ist auch noch Heinrich Böll zu Besuch, schwitzt und zieht, während Pina bedient, seine Jacke aus. Wir sind für Pina erledigt. In Zürich, auf einer Durchreise, sehe ich die Fassade der Volksbank; ich erinnere mich plötzlich an diese Fassade, trete in die Halle, die mir bekannt vorkommt, und frage am Schalter, ob ich hier nicht ein Konto habe; ich zeige meinen Paß. Dies ist der Fall: 20000 Franken, seinerzeit gespart aus Angst, daß ich eines Tages die monatlichen Alimente nicht zahlen könnte; inzwischen sind es 23000 Franken geworden. Ich danke. Als ich eine Viertelstunde später die Sparkasse der Stadt Zürich sehe, trete ich ein und frage auch da; man zeigt mir ein Sparheft: 174.30 Franken, letzte Auszahlung im Jahr 1938. Gegenüber liegt die Kantonalbank, und so frage ich auch da, indem ich den Paß unter den Schalter schiebe; es dauert lang, bis der Schalterherr zurückkommt und sagt: Nein, leider nein. Ich entschuldige mich. Wieso bin ich reich? Meine Ausgaben haben sich vervielfacht, und ich finde sie horrend, sofern ich Zahlen sehe; um nicht zu erschrecken, muß ich von Zeit zu Zeit nachsehen, ob ich mich denn über die Einkünfte nicht irre, und das ist der Fall: sie sind größer, als ich gemeint habe. Es bildet sich Vermögen; die Summe hat etwas Beliebiges; das hat nichts mehr mit Lohn zu tun oder mit Gehalt, eher mit Lotterie. Wenn jemand in Verlegenheit ist und einen Hunderter von mir borgt oder einen Tausender, so vergesse ich's. Heimlich entsteht ein schiefes Verhältnis nicht bloß zu Leuten, die genau rechnen müssen, sondern auch ein merkwürdiges Verhältnis zur eigenen Vergangenheit: es ist lächerlich, natürlich hätte ich 1955 ein Moped kaufen können, als ich auf dem Land wohnte. Nicht ohne eine gewisse Entschlossenheit beginne ich mich zu verwöhnen. Wenn schon ein Plattenspieler, warum nicht der beste, der zur Zeit auf dem Markt ist, und warum nicht die erstklassigen Lautsprecher dazu? Dabei muß ich etwas überwinden, die frühe Prägung: Das Billige tut's für mich auch! Zu verschwenderischen Unternehmen neige ich in Gesellschaft mit Freunden; ich bin kein Reicher, sondern neureich. Bei den Freunden bemerke ich keine Zeichen von Neid, doch irgendetwas ist anders. Sie reden jetzt seltener von ihren Geldsorgen. Sie wissen, daß ich schon einigen geholfen habe. Verändert hat sich vor allem der Umgang mit den Reichen, ihr Verhalten zu mir. Plötzlich reden sie unbefangen nicht bloß über Literatur und Künste, sondern über Grundstückspreise und wo in der Welt man besonders günstig kauft, Schmuck, Antiquitäten etc. Schon früher habe ich natürlich gesehen, was sie alles haben, und man hat sich über Poliakoff unterhalten, über Cuno Amiet, über Hodler, noch nicht über Giacometti. Es ist Takt gewesen, daß sie nicht von Sachwerten gesprochen haben, solange der Gast sich solche nicht leisten kann, und ich habe schon von einer Löwenjagd in Afrika gehört oder von einer Yacht, die zur Zeit in Palermo verankert ist, doch nie von Preisen. Ich habe gedacht, für die Reichen spiele das Geld eben keine Rolle. Neuerdings verstehe ich: Reichsein ist für sie eine Art von Beruf, eine Aufgabe und keine geringe, sie sind nicht sorglos. Sie gönnen mir den Erfolg, das spüre ich, wie auch dem Friedrich Dürrenmatt, der in Neuenburg ein herrliches Haus haben soll. Ich höre, daß ihre Töchter mich geradezu mit Begeisterung lesen. Natürlich bin ich in ihren Augen nicht reich, immerhin fahre ich einen JAGUAR 420, und das bringt uns näher, so vermuten sie; kein Zweifel für sie, daß sich mit dem Vermögen auch die politische Gesinnung ändert. Ein Millionär als Sozialist, als Antikapitalist gar? Da sie Sozialismus als eine Ideologie des Neides verstehen, werde ich unglaubwürdig für sie; habe ich denn Anlaß zu solchem Neid? Als armer Schreiber zu Besuch habe ich diese Leute weniger irritiert. Was ich nie begriffen habe im eignen Fall: Geld als Macht. Es ist für mich dabei geblieben: Geld als Tauschmittel. Dabei stimmt etwas nicht, und ich weiß natürlich, was nicht stimmt. Ein jüngerer Freund, den ich verehre, bittet mich nicht um ein Darlehen, ich weiß bloß, daß er ein größeres Darlehen braucht, und ich kann es ihm geben: zinslos, denn es geht ja nicht, daß er, der Freund, arbeiten muß für mich, der ich reich bin. Genau das tun aber Angestellte und Arbeiter, die ich nicht kenne; sonst gäbe es keine Zinsen. Das ist es, was nicht stimmt. Einem Maler, der gern seinen Wein trinkt und mit dem Verkauf seiner Bilder wenig Glück hat, schicke ich zum sechzigsten Geburtstag sechzig Flaschen von seinem Wein. Er habe die Flaschen alle zerschlagen oder verschenkt, sagt er später. Ich bin im Ausland gewesen, daher nicht an seiner Vernissage, aber ich habe auch nicht einmal einen Brief geschrieben. Sechzig Flaschen, das gibt ein Millionär im Vorbeigehen wie einen Batzen! Ich verstehe seinen Zorn. Hätte ich nicht das Geld, so hätte ich vielleicht auch nicht geschrieben; es hätte ihn aber nicht verletzt. Mache ich jetzt ähnliche Fehler wie W.? … Ich denke an Ingeborg und ihr Verhältnis zum Geld; eine Hand voll Banknoten, HONORAR, freut sie kindlich, dann fragt sie, was ich mir denn wünsche. Geld ist zum Verbrauchen da. Wie sie's ausgibt: nicht wie Lohn für ihre Arbeiten, sondern wie aus der Schatulle einer Herzogin, einer verarmten manchmal. Sie ist Verzichte gewohnt; Geld eine Glückssache. Ihr Geld, mein Geld, unser Geld? Man hat es oder hat es eben nicht, und wenn es nicht reicht, so ist sie verdutzt, als stimme etwas nicht in dieser Welt. Sie beklagt sich aber nicht. Sie merkt es nicht, wenn sie vom Rundfunk, der sie umwirbt, viel zu schlecht bezahlt wird, und sie unterzeichnet mit zerstreuter Miene einen Vertrag, der den Verleger wenig ehrt. Sie rechnet nicht damit, daß die andern rechnen. Sie kauft sich Schuhe wie für einen Tausendfüßler. Ich weiß nicht, wie sie das macht. Ich erinnere mich nicht, daß je eine Ausgabe sie reut, eine hohe Miete, eine Handtasche aus Paris, die am Strand kaputtgeht. Geld verläßt uns so oder so. Wenn jemand, den sie liebt, an sich selber spart, so verletzt es ihre Liebe. Eigentlich stünde es uns beiden zu, ein kleines Schloß oder ein großes, aber sie ist nicht empört, daß andere es haben. Sie zu beschenken ist eine Freude; sie strahlt. Sie verlangt den Luxus nicht; wenn er da ist, so ist sie ihm gewachsen. Ihre Herkunft kleinbürgerlich wie die meine; nur ist sie frei davon. Ohne Ideologie; kraft ihres Temperaments. Wenn sie rechnet, dann rechnet sie mit Wundern. Wie bei manchen Frauen: Geldscheine in ihrer Tasche sind meistens zerknüllt, sie wollen verloren oder in Schöneres verwandelt werden. Zu meinem fünfzigsten Geburtstag lädt sie mich nach Griechenland ein.

WHITE HORSE:

die braun-düstere Bar, wo Dylan Thomas sich zu Tod getrunken hat, mit großen Spiegeln, die zeigen: draußen wäre Tag, kein sonniger, ein grauer und harter Sonntag. Ohne die polternden Lastwagen; das macht den Sonntag aus. Er hätte Zeit, um noch einmal an den Hudson zu gehen, und läßt es. Stattdessen blättert er in seinem kleinen Kalender 1974: Mai, Juni, Juli, August, September, Oktober, November, Dezember, so viele offene Tage, die Wochentage weiß: Dienstag, Mittwoch, Donnerstag, Freitag. Dann bezahlt er das Bier, das er nicht ausgetrunken hat –

WIE ALT MÖCHTEN SIE WERDEN?

LIEBEN SIE JEMAND?

Einmal schaut er zu: Feuerwehr in Aktion, die vielen roten und blitzblanken Wagen, Sirenen, die blauen Kreisellichter; ein Feuerwehrmann schlägt drei Fensterscheiben ein, es kommt Rauch heraus. Dann geht er weiter. Es ist immer noch Sonntag; es regnet mäßig. Er geht mit offenem Mantel, Hände in den Hosentaschen. Von Kreuzung zu Kreuzung dasselbe Spiel: WALK/DON'T WALK. Er vergißt, daß er Tabak hat kaufen wollen. Ohne Bedürfnis zu wissen, wo er sich zur Stunde befindet, liest er die Straßenschilder: CANAL STREET. So weit ist er gegangen. Da und dort dampft es aus einer Dole, man kennt das; diese weißlichen Wirbel von Dampf. Es ist drei Uhr nachmittags und Sonntag. Hier kann man die leeren Straßen überqueren, wo man will; ihr verlöcherter Asphalt. Einmal hört man das Geflatter eines Helikopters, der nicht zu sehen ist, ein hartes Klatschen in der Luft; er sieht das Ziehen der grauen Wolken über den Dächern. Dann wieder ist es still in einer langen Straße ohne einen einzigen Menschen; nur Mülltonnen, Rudel von Mülltonnen. Er spürt den Regen am Nacken. Ohne stehenzubleiben, als habe er ein Ziel, schaut er: die gelben Rohre inmitten der Avenue, eine Baustelle mit Schranken und Wimpeln, es dampft wie aus Schloten eines Dampfers, der im Asphalt versunken ist. Irgendetwas genießt er, ohne zu wissen, was er genießt. Er spürt noch den Sand in seinen Schuhen. Plötzlich dröhnt es aus einem Gitter herauf, meistens kommt aus diesen Gittern nur der flaue Geruch, SUBWAY, er benutzt sie nicht; kein Bedürfnis nach einem Ziel. Eigentlich hat er gemeint, er müsse sich eine Stunde lang ausruhen im Hotel; er geht, die Hände in den Hosentaschen. Inzwischen hat der Regen aufgehört.

Einmal bleibt er stehen: ein paar Jugendliche auf Rollschuhen, sie spielen Eishockey auf dem Asphalt; ein regelrechter Puck, der aber auf dem Asphalt nicht gleitet, sondern kullert; eine Weile lang hätte er Lust, auch einen Stock in den Händen zu haben. Dann geht er weiter. Er sieht: wieder Mülltonnen aus geripptem Blech, dazu ganze Stapel von schwarzen Plastik-Säcken, die auf den Montag warten, ihre glänzende Schwärze.

COUNT DOWN:

in 48 Stunden fliege ich … Lynn erwartet nicht, daß er umbucht, und er erwartet nicht, daß sie dazu auffordere. Sie haben sich verstanden. Am Abend kommt Lynn ins Hotel. Sein Ticket liegt unter der gelben Lampe.

TELL ME!

sagt er öfter, als könne ein Mensch sich selber erzählen, und hört zu, er hört wirklich zu; Lynn glaubt nicht ganz, daß es für ihn wichtig ist, nicht gleichgültig, wer Lynn gewesen ist.

(Monate später, Januar 1975, halte ich mich nicht an die Vereinbarung. Zwar wage ich sie nicht anzurufen: als Stimme aus der Vergangenheit. Dann aber stehe ich vor dem Desk, wo man sich anzumelden hat, und gebe mich geschäftlich. LYNN IS NO LONGER WITH US. Ich schweige. Tot? So hört es sich an. Die Schwarze am Desk, als sie meine Betroffenheit sieht, führt mich nicht zur Nachfolgerin im Office, sondern sagt: I LIKED HER VERY MUCH INDEED. Wo sie in diesen Tagen ist, meldet später ein Brief, der mich in Europa erreicht, ein langer Brief, gekritzelt auf Deck eines Schiffes: sie sei arbeitslos, überhaupt möchte sie einen andern Beruf, ein Kind, sie spiele viel Pingpong und lese grad mein Buch, das ich ihr damals gegeben habe; offenbar reist sie allein; sie überlegt sich ihre Zukunft.)

Es ist nicht der richtige Knopf, den Lynn an seine schmutzige Jacke näht, sondern ein Knopf von seinem Regenmantel. Zu dunkel, auch etwas zu groß; er wird auffallen. Eine englische Jacke, vor elf Jahren in Zürich an der Bahnhofstraße gekauft; das hat er nicht vergessen: es ist ihr Fund gewesen, wahrscheinlich das erste Mal, daß sie ihn beim Kleiderkauf beraten hat. Wieder einmal müßte das Futter ersetzt werden. Eine Jacke wie diese (Manchester) ist nie wieder zu finden gewesen, auch nicht in London. Eine Jacke für immer, hundert Mal gereinigt; sie ist abgewetzt, und das macht's, daß man sich zu Hause fühlt darin. Am rechten Ärmel übrigens ist auch schon ein Knopf, der auffällt, und das soll er nämlich: ein kleiner, viel zu kleiner, ein beinahe roter Knopf. Wer hat diesen Knopf angenäht? Lynn hat es erraten: YOUR WIFE? Er hätte sie auch ohne diesen Knopf nicht vergessen. Das ist am Montag. Das befreundete Paar, das Lynn zum letzten Abend eingeladen hat, ist um Mitternacht gegangen; es ist das erste Mal gewesen, daß Lynn und er nicht allein gespeist haben. Das ist ihr Wunsch gewesen, und ihr Wunsch hat ihn gefreut; sie versteckt ihn nicht. Als ihre Freunde sich zum Aufbruch erhoben haben, da hat auch er seine Jacke angezogen: ohne Knopf. Das haben die Freunde verstanden: die letzte Gelegenheit, daß Lynn ihr Versprechen erfüllen kann, seine Jacke mit einem Knopf zu versehen. Nachdem sie gesagt hat: YOUR WIFE, sein Bedürfnis, sie im stillen zu lobpreisen, während Lynn immer noch an der Jacke näht, und seine Entdeckung dabei: Eigenschaftswörter taugen nicht, um jemand zu lobpreisen. Das ergäbe bloß einen Steckbrief auf eine attraktive Frau, zurzeit 35, zurzeit in Berlin, wo es fünf Uhr morgens ist, als Lynn sagt: YOU LOVE HER. Dabei hat er kein Wort gesagt, sondern das Geschirr in die Spülmaschine gestellt. Als sie fertig ist, lacht sie: YOUR DIRTY JACKET! Es ist vier Uhr morgens, als er es anzieht. Lynn muß schlafen. Sie schläft schon, als er die Wohnungstüre von außen ins Schloß zieht, so leise wie möglich. In der menschenleeren Avenue genießt er die Vorstellung, Lynn sagen zu können, er sei dann eine Stunde lang gegangen, ohne überfallen worden zu sein. Es ist nicht mehr dunkel. Dampf wirbelt aus den Schächten, aus Gittern im Asphalt. Nach zehn Minuten sitzt er bereits in einem gelben Taxi, NO SMOKING, so daß er nicht weiß, was tun. Ihre letzte Nacht ist nicht melancholisch gewesen; aber sein Körper hat versagt. Er versucht mit dem Taxi-Griechen zu plaudern, hört nicht mehr zu, als ihm plötzlich einfällt, daß er nicht geprüft hat, ob ihre Türe, nur von außen ins Schloß gezogen, tatsächlich geschlossen ist oder mit einem Griff auf die Klinke zu öffnen wäre. Ein Einbruch, ein Mord, alles erscheint möglich. Er will anrufen, sobald er im Hotel ist; etwas Besseres fällt ihm in seinem Schrecken nicht ein. Er gibt einen Zwanzig-Dollar-Schein, ohne auf Wechselgeld zu warten, und dann dauert es Minuten, bis der Mann vom Nachtdienst endlich erscheint, zu schläfrig, um den Schlüssel sofort zu finden; man muß es drei Mal sagen: 1112 A (eigentlich 1113, aber sie meiden hier die 13). Als er endlich im Zimmer steht, ruft er nicht an; Lynn muß schlafen. Eine Weile sitzt er, ohne die

Jacke auszuziehen, und denkt über Schlösser nach, während es draußen schon hell wird; die Wasser-Silos auf den Dächern bekommen eben die erste Sonne. Dann bemerkt er, daß er an gar nichts denkt; weder an gestern noch an morgen, nicht an heute. Dabei schläft er nicht; er sieht genau, was durch das offene Fenster zu sehen ist, die Fassade gegenüber. Er ist nicht müde oder zu müde, um sich ins Bett zu legen. Keine Gefühle; wenn er die Augen schließt, so sieht er ihr schlafendes Gesicht ganz nah. Es beschäftigt ihn nicht sein körperliches Versagen, wenn es ihm beiläufig einfällt. Die Fassade gegenüber: Backstein, die Fenster in Eisenrahmen, einige haben Vorhänge, blaue oder rote oder gelbe, alle Fenster haben diese Kiste für air-conditioning. In einem Erker steht eine Blattpflanze; eine Katze liegt auf dem Sims. Wenn man aufsteht, so sieht man mehr als nur diese Fassade: unten die Straßenkreuzung gelb unter dem Schein der Bogenlampen, und man sieht auf die Dächer der niedrigen Häuser; da und dort wirbelt Dampf oder Rauch in den morgendlichen Himmel, was anzeigt, daß die Häuser bewohnt sind. Die Leute schlafen noch. Einmal dröhnt ein Schiffstuten; drei Mal. Man sieht in Höfe hinunter, Schächte mit Garten. Er vergißt, daß er ein Bad hat einlaufen lassen; denn es dauert lang, bis er die Verbindung bekommt, bis eine Stimme sagt: OPERATOR, und bis es klingelt am anderen Ende. Keine Antwort. Lynn ist tot oder sie schläft. Er erinnert sich an das Bad und dreht den Hahn zu, zieht den Stöpsel heraus, geht in den Korridor hinaus, um den technischen Vorgang zu studieren: die Zimmertüre im Hotel, von außen ins Schloß gezogen, wie er ihre Türe ins Schloß gezogen hat, ist nicht ohne Schlüssel zu öffnen. Das beruhigt ihn. Zum Glück, aus Versehen, hat er den Zimmerschlüssel in der

Hand, so daß er in sein Zimmer zurückkommt; dann legt er sich in den Kleidern quer aufs Bett –

Lynn wird kein Name für eine Schuld.

Zu beschreiben wäre ein steinerner Tisch … Das Haus in Berzona, das wir auf einer Durchreise besichtigen bei strömendem Regen: ein Bauernhaus, das Gemäuer ziemlich verlottert, das Gebälk zum Teil morsch. Wir kommen von Rom, VIA MARGUTTA, aus einer Untermiete; mein Leben lang bin ich Mieter oder Untermieter gewesen. Jetzt möchte ich ein Haus haben mit Dir. Unter Schirmen stapfen wir durch das verwilderte Gelände; ein Dschungel von Brennesseln und Brombeeren, viel Farnkraut; wie üblich in dieser Gegend: Trockenmauern aus grobem Feldgestein stützen die Terrassen. Du gehst ziemlich stumm, ich zeige auf die schönen Nußbäume. Ein großes Gelände. Viele Kastanienbäume gehören dazu. Drinnen im Haus ist es muffig; da und dort Schimmel an den Mauern. Die Zuversicht, daß sich das umbauen und ausbauen läßt, übernehme ich, ebenso die zähen Verhandlungen um den Kaufpreis. Eins ist mir von der ersten Stunde an klar: allein, als Junggeselle, könnte ich in diesem Tal nicht hausen. Ich sehe den Balken, wo ich baumeln würde; es wäre leicht zu veranstalten von einem kleinen Fenster aus. Ich lebe aber mit Dir, schon seit drei Jahren; wir haben noch nie über Ehe gesprochen. Was mir gefällt: das schwere Dach aus Granit, und wie das Ganze in den Hang gestellt ist, das Haus und ein steinerner Stall, der beinahe ein Turm ist. Das würde einem Architekten so bald nicht gelingen, das räumliche Verhältnis der beiden Mauerkörper zueinander; das ist unbedacht und vollkommen. Ich bin begeistert. Trotz Regen. Ich habe nie davon geträumt, ein Haus zu haben; jetzt möchte ich es. Wir werden trotzdem noch reisen; es soll kein Gefängnis werden, nur ein Zuhause, wenn Du dazu bereit bist: Unser Zuhause. Ich bin vorsichtig mit dem Kauf, nicht bloß weil der Kaufpreis höher ist als erwartet, und um Weihnachten, als Du bei der Mutter bist, fahre ich nochmals hin. In diesen Tälern kommt es vor, daß man im Winter überhaupt keine Sonne hat oder nur eine Stunde lang. Ich bleibe einen ganzen Tag allein auf dem Gelände; ein blauer Wintertag ohne Schnee. Gegenüber die hohe Kuppe, aber die Sonne rollt gerade noch über diese Kuppe, und das Haus bekommt Sonne sechseinhalb Stunden lang. Ein Glücksfall. Im Innern kommt mir alles noch verrotteter vor; ich bin froh, daß Du nicht dabei bist. Zuletzt hauste hier ein alter Pächter, ein Irrer. Von dem Sud, den er für die drei Schweine gekocht haben soll im Haus, ist nichts mehr zu riechen. Es stinkt aber eine vermoderte Matratze und allerlei Gerümpel, das man sich wegdenken muß. Ich messe aus. Die Räume sind klein, die Mauern dick, und viel wird man von dem alten Gemäuer nicht herausreißen können; trotzdem scheint es mir möglich, hier eine Wohnlichkeit herstellen zu können. Draußen an einem Tisch aus Granit, wie sie im Tessin üblich sind, mache ich Skizzen. In Rom zeige ich sie Dir, erläutere die beschränkten Möglichkeiten, und Du siehst, ich hätte Lust. Zu oft habe ich die Wohnungen gewechselt. Hier wäre Platz für eine Bibliothek, die wächst; unsere Bibliothek. Hier dein Arbeitszimmer mit Ausgang in den Garten. Hier eine Kammer für Gäste. Ich berate mich mit einem jüngeren Architekten, der in der Gegend wohnt und den Umbau betreuen kann, und ich entschließe mich zum Kauf, 1964. Unser Leben in Rom: festlich von Tag zu Tag und etwas ortlos, auf die Dauer zu gefällig von Tag zu Tag. VALLE ONSERNONE, das liegt nicht am Ende der Welt; zum Beispiel kannst Du in Zürich studieren, wenn Du willst. Hin und wieder besichtigen wir den langwierigen Umbau. Eine Zeitlang sieht es verrückt aus: eine Ruine, die morschen Böden herausgerissen, es stehen nur die schweren Mauern, die das Dach tragen; draußen Haufen von morschem Gebälk. Es muß betoniert werden, damit das Ganze hält. Man stolpert durch ein Dickicht von Verspriеßungen. Der Umbau, von dem jungen Architekten betreut mit Lust und Sorgfalt, dauert ein volles Jahr. Wir gehen mit ihm, um Platten auszuwählen, Armaturen für Küche und Bäder; Du kannst wählen. Inzwischen kennst Du den Grundriß und schenkst uns Vertrauen, dem jungen Architekten und dem ehemaligen Architekten zusammen. Du siehst meine kindliche Freude am Bauen, meine männliche Freude. Das eine und andere, die Treppe zum Beispiel, bleibt Dir an Ort und Stelle noch unvorstellbar; Du siehst nur das große Loch und stehst ängstlich auf den Brettern, ich halte Dir die Hand. Es gibt jetzt vielerlei zu wählen anhand von Mustern. Alles Technische interessiert Dich weniger: Größe des Öltanks, Marke des Ölbrenners, des Heizkessels usw., aber da vertraust Du, und es freut Dich das blaue Herbstlicht über dem Gelände. Der Architekt will Travertin für den Rahmen des Kamins, und da bist Du dagegen, ich übrigens auch; wir wollen ja nicht eine Villa. Ferner braucht man Lampen, und das ist immer schwierig. Früher einmal habe ich den einen und andern Bauherrn beraten; wer zahlt, entscheidet in Geschmacksfragen. Jetzt entscheiden wir, Du und ich. Manches überzeugt Dich dann gar nicht, wenn es ausgeführt ist, zum Beispiel der Boden im Wohnraum; das kleine Muster hat getäuscht. Du verstehst aber, daß ich nicht Onassis bin, und so lassen wir es; so wichtig ist es auch nicht. Hingegen entzückt Dich der neue Boden in der kleinen Loggia, Backstein im Fischgrätmuster wie in italienischen Klöstern; auch die roten Zürcher-Ziegel im Eßraum beginnen Dir zu gefallen, wenn sie versiegelt sind und mit der Zeit, wie versprochen, etwas dunkler werden. Das sind neue kleine Erfahrungen für Dich. Du freust Dich. Das Haus ist auch Dein Werk. Wir sind uns einig: alle Wände weiß. Wie in Sperlonga. Bevor wir Rom verlassen, sind wir nach Jerusalem eingeladen, 1965, auch das gefällt Dir, und als wir Rom verlassen, gibt es nicht viel zu verfrachten: etwas Geschirr, drei römische Lampen, ein toskanischer Tisch mit fünf Stühlen, die Bücher (nur die Bücher, die sich in Rom angesammelt haben; die andern werden aus einem Lager kommen) und einige Schallplatten (für einen besseren Plattenspieler) und Dein kleiner Arbeitstisch (eine schlechte Antiquität, ich weiß) und ein Schaukelstuhl, Pfannen, eine Truhe (MILLE SETTE CENTO) und wenig Garderobe, die römische Bettwäsche und meine Schreibmaschine. Wir sind kein Haushalt, sondern ein Paar. Als wir in das Haus einziehen, sind die Arbeiter noch da, eine Beton-Maschine ebenfalls. Die Treppe von der Dorfstraße herunter ist noch nicht erstellt; man geht auf glitschigen Brettern. Im Stall ist der Zwischenboden, der die Schweine von den Ziegen getrennt hat, soeben herausgerissen worden, mein Studio erst im Bau. Die fünf Arbeiter, Italiener, kommen täglich über die Grenze und fahren am Abend wieder nach Novarra. Sie haben noch wochenlang zu tun. Insgeheim sind wir froh um ihre Gesellschaft. Der alte Vorarbeiter, findest Du, sehe wie ein bäuerlicher Samuel Beckett aus. Sie bringen ihr Essen in einem kleinen Rucksack, sitzen am Steintisch über Mittag oder in der Wiese; Du wärmst ihnen die Suppe, die sie im

Blechgeschirr haben, oder Du kochst selber eine Suppe für uns alle. Das gefällt mir. Ich sorge für Bier und Wein. Es steht bei einem Umbau nicht alles in den Plänen; wie, wenn sie gemacht ist, eine Mauer aussieht, ein Boden aus Granit-Platten, das hängt von ihrem Geschmack ab. Wir verdanken ihnen viel. Ein Kamin in meinem Studio scheint mir nicht nötig; zwar wäre es schon vorhanden und müßte nur verbessert werden; ich meine: Lassen wir's. Der Beckett widerspricht: UN SCRITTORE, meint er, müsse viel Papier verbrennen. Ich stimme zu. BELLA CIAO, BELLA CIAO, die Schallplatte, die wir aus Rom gebracht haben, schallt aus den offenen Fenstern, während sie arbeiten. Wenn es regnet, arbeiten sie im Keller. Der Maler ist auch noch im Haus; der verschwindet manchmal für zwei Stunden, um in den Bächen zu fischen. Die Bücherwand, nach meiner Skizze erstellt, gefällt Dir dann doch. Du richtest unsere Bibliothek ein; ich öffne die vernagelten Kisten. Oft geht's nicht voran, denn Du hast Dich gesetzt und mußt lesen; das ehrt die Bücher. Du legst ein Kräuterbeet an. Ferner pflanzen wir drei Rebstöcke, deren Laub inzwischen, neun Jahre später, die Pergola über dem Steintisch deckt … Warum erzähle ich das? Wem erzähle ich das? – einmal bringen sie zwei schwere Kisten von der Dorfstraße herunter; in der ersten befindet sich, wie vermutet, der finnische Sauna-Ofen. Die andere ist voller Gestein für diesen Ofen: Granit, wovon es in dieser Gegend mehr als genug gibt. Ferner lege ich einen Weinkeller an. Wenn ich an der Schreibmaschine sitze, stören mich die klopfenden Arbeiter nicht, im Gegenteil: wir arbeiten. Eines Tages aber packen sie ihr ganzes Werkzeug zusammen; Du machst einen Risotto und einen Braten. Ein schönes Jahr, so sagen sie, sei es gewesen hier. AUGURI. Es kommen Hunderte von Gästen,

Freunde von Dir, Freunde von mir. Du bist die Gastgeberin, und ich meine, Du machst es gut, nämlich selbstverständlich und ohne Mühe (so scheint es) festlich. Es gibt Gewitter zum Fürchten, dreißigstündige, oder Schneeschaufeln im Winter. Ich spalte Holz und mache Feuer im Kamin, aber ich mache auch anderes in diesen Jahren. Du machst anderes. In der Morgenfrühe versuche ich mich mit der Sense oder mit der Axt, um den Dschungel zu lichten, später mit einer entliehenen Motorsäge. Wir bleiben Städter. Die Leute im Dorf nennen Dich nicht: SIGNORA, da wir nicht verheiratet sind; sie sagen: MARIANNE, und wenn Du nicht zugegen bist: LA MARIANNE, aber nie: LA SIGNORINA. Einmal möchtest Du auch Schafe sehen in unserem Gelände, nicht nur die vielen zugelaufenen Katzen; ich lasse einen Zaun errichten und kaufe vier Schafe, darunter ein schwarzes. Wenn man sie im Gelände sieht, so stehen sie immer in derselben Richtung, alle vier, sie tun und lassen immer dasselbe. Drei werden von einem wildernden Hund zerrissen; das letzte verschenken wir dann. Langsam beginnen die Sommer auf dem Land sich zu gleichen ... Zu beschreiben wäre die eine und andere Speise, die Du erfunden hast / wie Du jüngere und alte Leute gewinnst, so daß sie gern ins Haus kommen / wenn wir in den kalten Bächen schwimmen, wenn ich die Flasche entkorke, die wir im Bach gekühlt haben: Deine frohe Anwesenheit / der Haufen von Büchern (hauptsächlich Deutsch, aber auch Englisch, Französisch, Italienisch) auf dem Boden neben Deinem Bett / wie Du viele Leute beschenkst / Deine kindliche Aufregung vor Geburtstagen / wie Du, eine Frau, auf dem Fahrrad sitzest und dabei eine Mädchenzeit sichtbar machst / Dein Arbeitstisch, das Tohuwabohu von schweren Wörterbüchern und beschriebenen Blättern und weißen Blättern und Zeitschriften der literarischen Avantgarde und Briefmarken und Magazinen mit Mode, die Du nicht trägst, und Briefen, die beantwortet sind / Dein mütterlicher Kummer mit meiner Arbeit / Dein lederner und vom Regen verwaschener Texas-Hut, wenn ich ihn im Gedränge am Bahnhof erkenne, und Orte, die ohne Dich anders sind: PRAG, WARSCHAU, AVIGNON, PARIS, LENINGRAD, ODESSA, VENEDIG, LONDON, JERUSALEM, MANHATTAN etc. und der kleine Steintisch im Tessin –

DIES IST EIN AUFRICHTIGES BUCH, LESER

und was verschweigt es und warum?

FIFTH AVENUE

eine Dame in einem langen weißen Kleid und mit einem weißen Hut, Mode der Jahrhundertwende; eine Irre: ihre Hände betasten das Gestein oder Metall der Fassaden, als wolle sie sich versichern, daß alles da ist. Hände wie Fühler. Sie kann nicht blind sein, denn sie wartet bei Rotlicht. Die meisten Passanten bemerken sie gar nicht; sie geht langsamer als die andern, aber sie versperrt niemand den Weg; sie geht nahe an den Fassaden. Wo Glas ist, sieht es aus, als betaste sie behutsam ihr Spiegelbild; sie scheint glücklich zu sein. Einmal gehe ich vor, um dann, indem ich mich unter einem Vorwand umdrehe, ihr Gesicht zu sehen. Sie ist glücklich. Es kommt vor, daß sie plötzlich stehen bleibt, als sei sie jetzt ins Leere geraten, und dann einige Schritte zurückgeht. Ihre Finger berühren das Material kaum, manchmal gar nicht; es sieht aus, als taufe sie es nur, damit es da ist, auch das häßliche Material.

Ob sie Menschen sieht? Ihr Gewand ist komisch, aber gemeint als festliche Robe. Übrigens geht sie barfuß, was ich erst nach einer Weile bemerke. Dann und wann spricht sie. Dazu macht sie Gesten einer verhohlenen und großen Zärtlichkeit. Es scheint ein besonderer Tag für sie zu sein, ein Tag der Erfüllung, eine Gegenwart.

Helen Wolff, die Verlegerin, ist alles in allem zufrieden mit der Presse. Die Blumen, jetzt in einer Vase auf ihrem Arbeitstisch, erfreuen die Verehrte. Grüße nach Europa, Grüße an die gemeinsamen Freunde in Berlin, Uwe, Günter ... Anderswo verabschiede ich mich wortlos:

WASHINGTON SQUARE:

von den alten Schachspielern an den steinernen Tischen unter den grünen, jetzt schon sommerlichen Bäumen.

SHERIDAN SQUARE:

von der Grünspan-Statue eines Mannes, der Sheridan geheißen hat und auf dem Hut zwei gurrende Tauben trägt.

BIGOLOW:

von den flinken Frühstückmachern.

8TH STREET:

von dem Tabakmann, der schon weiß, was ich rauche, und der jedesmal, wenn draußen schönes Wetter ist, freundlich darauf verweist.

CHINESE LAUNDRY:

von dem spindeldürren Chinesen, der doch das verschwitzte Pingpong-Hemd noch gewaschen und gebügelt hat.

BALDUCCI:

von dieser Auslage schöner Früchte.

TRATTORIA DA ALFREDO

von ihrem Freund, der sich wundert, daß ich zum ersten Mal in dieser kleinen Trattoria bin. Seinerzeit bin ich gebeten worden, nie in diese Trattoria zu gehen, und ich habe mich dran gehalten. Die Offenheit zwischen uns, jetzt möglich, bleibt maßvoll. Wir haben andere Themen. Es stimmt: das Essen in dieser Trattoria ist nicht teuer und schmeckt; das Ambiente italienisch ohne Klimbim, die Intelligenz als Kundschaft, und Alfredo, der Patron, weiß es zu schätzen, wenn jemand italienisch mit ihm redet. Da es hier keinen Schnaps gibt, gehen wir nachher in seine Wohnung: nicht weit von hier. Sieben Minuten zu Fuß. Er ist jetzt geschieden, die Wohnung unverändert, vor kurzem geweißelt; das INGRES-Plakat am gleichen Ort. Als seine neue Gefährtin nach Hause kommt, blickt er auf die Uhr: wo sie denn die ganze Zeit gewesen sei?

Sie sei (das habe ich von Dritten gehört) brillant; sie begegnet mir mit unverhohlener Neugierde, nicht ganz unbefangen, dabei wach mit offenen Blicken, als vergleiche sie mich mit einem Steckbrief. Sie ist blond, das Haar nach oben gekämmt. Ich bleibe nicht lang; ich habe noch ein Geschenk zu kaufen, einen Western-Hut: A BROWN CAMPAIGN HAT. Wo findet man solche? Sie tun, als scherzen sie. Drei Uhr; sie ist um elf Uhr aus dem Haus gegangen. Ich erzähle irgendetwas. Von West-Berlin und Ost-Berlin, glaube ich. Er will es wirklich wissen, wo sie überall gewesen ist seit elf Uhr. Sie lacht und zeigt ihre Einkäufe; nicht eben viel. Dafür vier Stunden? Sie interessiert sich für West-Berlin und Ost-Berlin. Sie kennt Paris recht gut. Sie macht gerne einen Kaffee. Er scherzt noch immer: wenn man im Office anruft, so macht sie Einkäufe oder ist in der Bibliothek gewesen, wo man nicht anrufen kann, und wenn man nicht im Office angerufen hat, so ist sie die ganze Zeit im Office gewesen. Sie lacht; er nicht.

SWISS BANK CORPORATION:

von meinem Konto.

HOTEL LOBBY:

von Mark und Inger, denen ich das geliehene Geschirr und Besteck zurückgebe mit Dank, mit Wangenküssen links und rechts.

von Toni Zwicker, der frohen Landsmännin, die mich einmal mehr zum Flughafen gefahren hat, mit Wangenküssen rechts und links.

Es wird Zeit, nicht bloß an den Tod zu denken, sondern davon zu reden. Weder feierlich noch witzig. Nicht von Tod allgemein, sondern vom eigenen Tod. Ich bin, gemessen am Alter, ziemlich gesund. Der Arzt findet nichts. Müdigkeiten nach zuviel Alkohol, Kopfschmerzen bei Föhn etc., das ist nicht Krankheit. Trotz unvorsichtiger Lebensart ist es zu keiner Leberzirrhose gekommen. Hin und wieder Herzbeschwerden. Das kenne ich seit zwanzig Jahren. Kein Schmerz. Wenn ich's einem Arzt beschreiben muß: ein Gefühl von Engnis, von Schwäche; Bedürfnis nach Atem, das dann mühsam ist. Ich sage dem Arzt: wie wenn eine Hand um das Herz greift, eine Pranke ohne Krallen, nämlich es sticht kaum. Es vergeht nach zwei Stunden oder schon nach einer Viertelstunde, meistens läßt es sich machen, daß niemand es bemerkt. Wenn ich allein bin, verbindet es sich mit Angst; keine eigentliche Todesangst. Liegen ist ganz schlecht; im Sitzen ist es die Angst, aus dem Sessel aufzustehen; ich kann mir dann nicht vorstellen, irgendetwas zu machen, zum Beispiel eine Straße zu überqueren. Untersuchungen von Zeit zu Zeit ergeben jedesmal dasselbe: ein ideales Kardiogramm. Medikamente? Rat des Arztes: Nehmen Sie einen Cognac. Die Nieren in Ordnung, die Lunge in Ordnung. Weniger Rauchen wäre besser. Der Verdacht auf Krebs, der so viele begleitet bei jedem Husten oder Magenschmerz, begleitet mich nicht. Ich bin selten krank gewesen. Ich träume viel vom Tod. Auch wenn kein Traum mich mahnt, kommt es vor, daß ich mit Schrecken erwache: Ich bin jetzt 61, 62, 63. Wie wenn man auf die Uhr blickt und sieht: So spät ist es schon! Die Angst vor dem Alter ist melancholisch, das Todesbewußtsein etwas anderes; ein Bewußtsein auch in der Freude. Wie jedermann fürchte ich mich vor einem qualvollen Sterben. Wenn ich vor einer Reise meine Sachen zu ordnen versuche, so ist es eine nüchterne Verrichtung. Ich bin jetzt älter geworden als mein Vater und weiß, daß die durchschnittliche Lebenserwartung demnächst erreicht ist. Ich will nicht sehr alt werden. Meistens bin ich mit jüngeren Leuten zusammen; ich sehe den Unterschied in allem, auch wo sie vielleicht keinen Unterschied sehen können, und manches läßt sich nicht erklären; dann rede ich auch von Arbeitsplänen. Unter anderem weiß ich, daß es sich verbietet, eine jüngere Frau an diese meine Zukunftlosigkeit binden zu wollen.

Das Interview in der erbärmlichen Zeitung ist inzwischen erschienen. Einiges darin stimmt: Staatsangehörigkeit, Anzahl der Kinder, Brillenträger mit untersetzter Statur, Hobby Pingpong.

Abends aus dem Flugzeug, nachdem man die Gürtel aufschnallen darf, wäre auf der linken Seite zu sehen eine graugrünlich-braune Landzunge mit Leuchtturm, die gelben Untiefen nur durch die Rüsche der Brandung getrennt vom festen Land; das Meer, das offene, ist auch auf der rechten Seite zu sehen: wie stumpfer Filz, später wie Schiefer (Quarzit) hart … Am letzten Tag sah ich Lynn zum ersten Mal in ihrem Office, vorher im Korridor, wo ich hatte warten müssen. Sie kam fröhlich. Ihr Office ist klein, die Aussicht aufregend. Wir mußten noch ein wenig warten, bis es zwölf Uhr wurde; Lynn auf der Fensterbank: wenig Undine jetzt, ihr Gehaben sehr amerikanisch (was heißt das?) und werktäglich. Die Türe zu ihrem Office blieb offen; als eine Kollegin hereinschaute, stellte Lynn mich vor. Sie bat noch darum, daß ich ein Buch signiere, und dann konnten wir gehen, LUNCHTIME, der Lift war gepfercht voll, und jemand unterhielt sich mit Lynn, die weniger sonnengebräunt ist als ich; offenbar antwortete sie witzig, ich verstand zu wenig. Ich ging allein durch die Pendeltüre und wartete draußen. Als Lynn nicht kam, galt unsere Abmachung für alle Fälle; ich ging allein zu dem Restaurant, wartete an der Bar. Offenbar brauchte es ein Manöver, um die Person loszuwerden; Lynn kam nach zwanzig Minuten. Ein französisches Restaurant, Zweiertisch neben Zweiertisch; kein Ort für trauliches Gespräch, und wir waren eher froh darum. Als man bestellt hatte, gab sie mir ein Geschenk; ich packte es aus. Ein Tabakbeutel genau von der Art meines Tabakbeutels, den Lynn einmal angefühlt hatte und der übers Wochenende irgendwo verloren gegangen war; versehen mit den Initialen. VERY NICE, sagte ich, BUT UNFAIR, denn Lynn hatte sich jedes Geschenk verbeten, ausgenommen meine OLIVETTI LETTERA 32, die sie brauchen konnte. TODAY I HAVE GOT MY PERIOD, sagt sie. Ich hatte noch im Hotel zu packen, aber nicht viel; also viel Zeit. Lynn hatte wenig Zeit, genau eine Stunde. Sie schlug vor, daß wir noch durch den Park gehen, das war nicht weit, UNITED NATIONS. Wir gingen ziemlich flink. I AM GOING TO MISS YOU, sagte sie mit hochgezogenen Augenbrauen wie jemand, der ein Versehen zugeben muß, und unter einer Verkehrsampel, wo sie fast noch mit dem gleichen Atem sagen konnte: COME ON, COME ON. Ich war übrigens zum ersten Mal in diesem Park. Ein greller Mittag, ohne Sonnenbrille fast unerträglich. Das Wasser glitzerte. Im Park viele Leute, die sich gaben, als genießen sie die sommerliche Sonne. Sie schien aber so grell, daß man eigentlich nichts denken und nichts empfinden konnte. Das Wasser war nicht blau, sondern schwarz; darauf glitzerte es wie Quecksilber. Wir lehnten am Geländer. Sogar die Möwen blendeten. Wir hatten wenig getrunken, das war es nicht. Das gibt es in den hohen Bergen: der weiße Schnee, der Fels dagegen fast schwarz, und wenn man hinaufschaut: Mittagsnacht ohne Sterne. Es war nicht heiß: ein scharfer Wind vom Wasser her. Die schwarzen Kähne und vor diesen Kähnen der glitzernde Gischt. Drüben der weiße Rauch aus einem Hochkamin. Licht wie bei Föhn; nicht nur auf dem Wasser glitzerte es, auch das Laub glitzerte. Wenn Leute in den Schatten gingen, so verschwanden sie. Die Fassaden aus Glas spiegelten das Schattendunkel auf den Fassaden gegenüber; die gespiegelten Architektur-Formen etwas verzerrt. Wir waren nicht schweigsam, nur weiß ich nicht, was wir redeten. Das Zinkblech der Brüstung, wo wir unsere Ellbogen stützten, glitzerte wie Glimmer. Am Himmel blinkte ein Flugzeug. Dann blickte Lynn auf ihre Uhr; wir hatten noch etwas Zeit, aber es war nichts mehr anzufangen mit dieser Zeit. Wir hatten uns auf eine steinerne Rampe gesetzt, wo Paare saßen; über uns das gleißende Metall von tausend Fensterrahmen. Wo man hinschaute: dieses Licht, Glitzern oder Gleißen. Es freute sie, daß mich der Tabaksbeutel freute; genau der richtige, das dunkle Leder ist zärtlich anzufühlen. Wir beklagten es nicht, daß ich heute fliegen muß. Wir schauten bloß: die Möwen, die schwarzen Kähne mit dem Gischt, den sie vor sich her wälzen. Lynn blickte auf die Uhr, ich nahm die Hand von ihrer Schulter.

Um uns zu küssen, waren wir aufgestanden. Leichter als jetzt, als wir über eine grelle Freitreppe gingen, kann man nicht gehen. Wir mußten jetzt nur noch den genauen Ort finden, wo man sich trennt, und auf den Verkehr achten; wir nahmen uns an der Hand, als wir die Avenue zu überqueren hatten, und liefen. FIRST AVE / 46TH STREET, das war der Punkt offenkundig, wir sagten: BYE, kußlos, dann ein zweites Mal mit erhobener Hand: HI. Nach einigen Schritten ging ich an die Ecke zurück, sah sie, ihre gehende Gestalt; sie drehte sich nicht um, sie blieb stehen, und es dauerte eine ganze Weile, bis sie die Straße überqueren konnte.

Zeittafel

1911	geboren in Zürich am 15. Mai als Sohn eines Architekten
1924–1930	Realgymnasium in Zürich
1931–1933	Studium der Germanistik in Zürich, abgebrochen, freier Journalist, Balkan-Reise
1934	*Jürg Reinhart*
1936–1941	Studium der Architektur an der ETH in Zürich. Diplom
1938	Conrad Ferdinand Meyer-Preis
1939–1945	Militärdienst als Kanonier
1940	*Blätter aus dem Brotsack*
1942	Architekturbüro in Zürich
1943	*J'adore ce qui me brûle oder Die Schwierigen*
1945	*Bin oder Die Reise nach Peking* *Nun singen sie wieder*
1946	Reise nach Deutschland, Italien, Frankreich
1947	*Tagebuch mit Marion* *Die Chinesische Mauer*
1948	Reisen nach Prag, Berlin, Warschau Kontakt mit Bertolt Brecht in Zürich
1949	*Als der Krieg zu Ende war*
1950	*Tagebuch* 1946–1949
1951	*Graf Öderland* Rockefeller Grant for Drama

1952	Einjähriger Aufenthalt in den USA, Mexiko
1953	*Don Juan oder Die Liebe zur Geometrie*
1954	*Stiller*
	Auflösung des Architekturbüros, freier Schriftsteller
1955	Wilhelm Raabe-Preis der Stadt Braunschweig
	Pamphlet *achtung: die Schweiz*
1956	Reise nach den USA, Mexiko, Kuba
1957	*Homo faber*
	Reise in die arabischen Staaten
1958	*Biedermann und die Brandstifter*
	Die große Wut des Philipp Hotz
	Georg Büchner-Preis
	Literaturpreis der Stadt Zürich
1960–1965	Wohnsitz in Rom
1961	*Andorra*
1962	Dr. h. c. der Philipps-Universität Marburg
1963	Literaturpreis von Nordrhein-Westfalen
1964	*Mein Name sei Gantenbein*
1965	Preis der Stadt Jerusalem
	Reise nach Israel
	Schiller-Preis des Landes Baden-Württemberg
	Wohnsitz im Tessin, Schweiz
1966	Erste Reise in die UdSSR, Polen
1967	*Biografie: Ein Spiel*
1968	Zweite Reise in die UdSSR
	Öffentlichkeit als Partner
	Politische Publizistik in Zürich
1969	*Dramaturgisches*
	Aufenthalt in Japan

1970 Aufenthalt in den USA

1971 *Wilhelm Tell für die Schule*
Aufenthalt in den USA

1972 *Tagebuch 1966–1971*

1974 *Dienstbüchlein*
Großer Schillerpreis der Schweizerischen Schillerstiftung

1975 *Montauk*

1976 *Gesammelte Werke in zeitlicher Folge*
Friedenspreis des Deutschen Buchhandels
Max Frisch/Hartmut von Hentig, *Zwei Reden zum Friedenspreis des Deutschen Buchhandels* 1976
Wir hoffen. Rede zur Verleihung des Friedenspreises (Schallplatte)

1978 *Triptychon*. Drei szenische Bilder
Der Traum des Apothekers von Locarno. Erzählungen

1979 *Der Mensch erscheint im Holozän.* Eine Erzählung

1982 *Blaubart*. Erzählung

1983 *Forderungen des Tages.* Porträts, Skizzen, Reden 1943–1982

1986 Neustadt-Literatur-Preis

1989 Heinrich Heine-Preis der Stadt Düsseldorf

1990 *Schweiz als Heimat?* Versuche über 50 Jahre

1991 gestorben am 4. April in Zürich

25 Autoren aus 60 Jahren

ALFRED ANDERSCH *Sansibar oder der letzte Grund* • JUREK BECKER *Jakob der Lügner* • JOHANNES BOBROWSKI *Levins Mühle: 34 Sätze über meinen Großvater* • HEINRICH BÖLL *Billard um halb zehn* • WOLFGANG BORCHERT *Die traurigen Geranien und andere Geschichten aus dem Nachlaß* • MAX FRISCH *Montauk. Eine Erzählung* • FRANZ FÜHMANN *Das Judenauto* • PETER HANDKE *Wunschloses Unglück* • GERT HOFMANN *Der Kinoerzähler* • UWE JOHNSON *Das dritte Buch über Achim* • MARIE LUISE KASCHNITZ *Beschreibung eines Dorfes* • ERICH KÄSTNER *Das doppelte Lottchen* • WALTER KEMPOWSKI *Tadellöser & Wolf* • WOLFGANG KOEPPEN *Das Treibhaus* • CHRISTIAN KRACHT *Faserland* • REINER KUNZE *Die wunderbaren Jahre* • SIEGFRIED LENZ *Deutschstunde* • THOMAS MANN *Bekenntnisse des Hochstaplers Felix Krull* • MONIKA MARON *Flugasche* • INGRID NOLL *Der Hahn ist tot* • BERNHARD SCHLINK *Liebesfluchten* • INGO SCHULZE *Simple Storys* • JOHANNES MARIO SIMMEL *Und Jimmy ging zum Regenbogen* • MARTIN WALSER *Ein fliehendes Pferd* • CHRISTA WOLF *Nachdenken über Christa T.*

Ausgewählt von der Redaktion der WELT GRUPPE